Guy d

Le Papa

et 5 nouvelles réalistes et fantastiques

Classiques & Patrimoine

Appareil pédagogique par

Stéphane Maltère

professeur de Lettres

Lexique établi par

Michèle Sendre-Haïdar

MAGNARD

Présentation : l'auteur, l'œuvre et son contexte

Le Papa de Simon

et 5 nouvelles réalistes et fantastiques

Étude de l'œuvre : séances

Sommaire

Présentation : l'auteur, l'œuvre et son contexte

Guy de Maupassant
(1850-1893)

Guy de Maupassant à 25 ans, en 1875.

Guy de Maupassant naît au château de Miromesnil, près de Dieppe, le 5 août 1850.

Sa Normandie natale occupera toute sa vie une importance capitale, Maupassant choisissant très souvent pour cadre de ses nouvelles les villes et villages normands.

Laure de Maupassant, la mère de Guy, est une amie d'enfance de l'écrivain Gustave Flaubert, dont elle lit les œuvres à ses enfants.

À dix-huit ans, alors qu'il fait ses études à Rouen, il se lie d'amitié avec le poète Louis Bouilhet, un ami proche de Flaubert. C'est à cette époque qu'il commence à fréquenter l'auteur de *Madame Bovary*, qui devient son « père » littéraire.

En 1870, il s'engage volontairement dans la guerre qui oppose la France à la Prusse. Ce conflit deviendra le cadre de nombreuses nouvelles réalistes. Deux ans plus tard, alors qu'il travaille au ministère de la Marine, il commence à écrire, sous le patronage de Flaubert. Son temps libre, il le passe sur l'eau, à canoter, et dans les bras des femmes.

Sa santé est fragile, son caractère porté à la mélancolie et à la dépression, et il contracte la syphilis, une maladie sexuellement transmissible très grave.

Il fréquente, grâce à Flaubert, les plus grands écrivains de son temps, Émile Zola, Alphonse Daudet ou Edmond de Goncourt. En 1880, il contribue à un recueil collectif de nouvelles intitulé *Les Soirées de Médan*, auquel ont participé Zola et des écrivains naturalistes de l'époque. Maupassant y a écrit « Boule de suif ».

Il quitte le ministère de la Marine pour celui de l'Instruction publique et débute un travail de journaliste pour *Le Gaulois*, *Gil Blas* ou *Le Figaro*.

En 1883, il publie son premier roman, *Une vie*, puis, l'année suivante, *Bel-Ami*. Il voyage beaucoup, en Europe et en France, et commence à suivre des cures pour améliorer sa santé vacillante.

Entre 1887 – date de publication du *Horla* – et 1890, il publie quatre autres romans : *Mont-Oriol*, *Pierre et Jean*, *Fort comme la mort* et *Notre cœur*.

Alors que son frère Hervé est interné dans un asile de fous de la banlieue lyonnaise, Maupassant voit sa santé se dégrader. Sa vue baisse, il souffre du cœur et de l'estomac, est victime d'hallucinations…

En 1892, il tente de se suicider. Sa raison chancelle et il délire de plus en plus, conscient toutefois de son état de folie. Il est interné dans la maison de santé du docteur Blanche, et meurt quelques mois plus tard, le 6 juillet 1893, laissant une œuvre importante : six romans et trois cent cinq nouvelles réalistes ou fantastiques.

Gustave Caillebotte, *La Partie de bateau*, 1877, collection privée.

Présentation : l'auteur, l'œuvre et son contexte

Contes et nouvelles

Pendant dix ans, de 1880 à 1890, Guy de Maupassant fournit une nouvelle inédite à chacun des deux quotidiens, *Le Gaulois* et *Gil Blas*, auquel il collabore. Au fur et à mesure que les nouvelles s'accumulent, Maupassant les regroupe, sans ordre particulier, dans des ouvrages qui portent souvent le titre de la première nouvelle. Ainsi, quatorze recueils vont paraître au cours de cette décennie (*Boule de suif*, *Contes de la bécasse*, *Contes du jour et de la nuit*, *La Petite Roque*, *Le Horla*, etc.), mêlant l'observation la plus fine, héritée du réalisme de Flaubert, à l'imagination la plus fantastique, inspirée de la folie, de la mort et du magnétisme.

Contexte historique et culturel

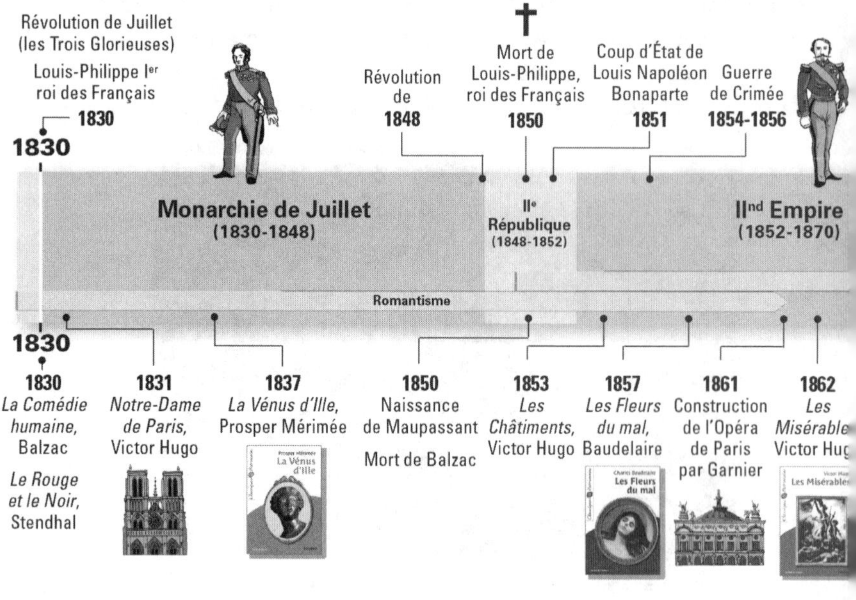

Maupassant participe à la naissance du mouvement naturaliste en assistant aux réunions littéraires et amicales données le jeudi chez Émile Zola – les fameuses « soirées de Médan » –, entouré de Léon Hennique, Joris-Karl Huysmans, Henry Céard et Paul Alexis. Pourtant, son inspiration restera tournée vers le réalisme, usant peu de la méthode expérimentale chère à Zola.

Son œuvre de nouvelliste commence en 1875 par « La Main d'écorché » et s'achève le 6 avril 1890 avec « Qui sait ? », deux contes fantastiques, genre dans lequel il excelle (« Apparition », « Un fou ? », « Misti », etc.).

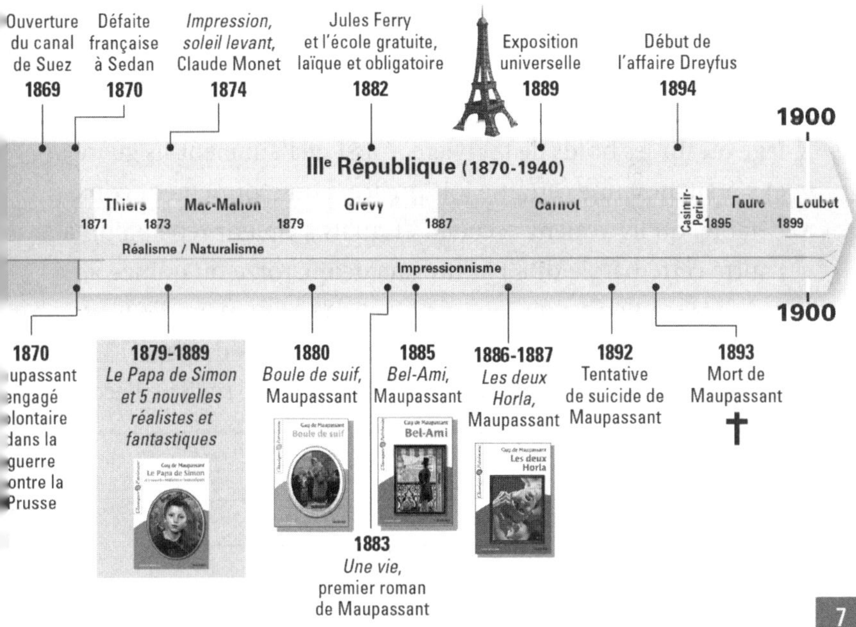

Le Papa de Simon

Midi finissait de sonner. La porte de l'école s'ouvrit, et les gamins se précipitèrent en se bousculant pour sortir plus vite. Mais au lieu de se disperser rapidement et de rentrer dîner[1], comme ils le faisaient chaque jour, ils s'arrêtèrent à quelques pas, se réunirent par groupes et se mirent à chuchoter.

C'est que, ce matin-là, Simon, le fils de la Blanchotte, était venu à la classe pour la première fois.

Tous avaient entendu parler de la Blanchotte dans leurs familles ; et quoiqu'on lui fît bon accueil en public, les mères la traitaient entre elles avec une sorte de compassion[2] un peu méprisante qui avait gagné les enfants sans qu'ils sussent[3] du tout pourquoi.

Quant à Simon, ils ne le connaissaient pas, car il ne sortait jamais et il ne galopinait[4] point avec eux dans les rues du village ou sur les bords de la rivière. Aussi ne l'aimaient-ils guère ; et c'était avec une certaine joie, mêlée d'un étonnement considérable, qu'ils avaient accueilli et qu'ils s'étaient répété l'un à l'autre cette parole dite par un gars de quatorze ou quinze ans qui paraissait en savoir long tant il clignait finement des yeux :

– Vous savez… Simon… eh bien, il n'a pas de papa.

Le fils de la Blanchotte parut à son tour sur le seuil de l'école.

Vocabulaire

1. *Dîner :* ici, déjeuner.
2. *Compassion :* pitié.
3. *Sussent :* sachent.
4. *Galopinait :* se comportait comme un galopin, un enfant effronté.

Il avait sept ou huit ans. Il était un peu pâlot, très propre, avec l'air timide, presque gauche[1].

Il s'en retournait chez sa mère quand les groupes de ses camarades, chuchotant toujours et le regardant avec les yeux malins et cruels des enfants qui méditent un mauvais coup, l'entourèrent peu à peu et finirent par l'enfermer tout à fait. Il restait là, planté au milieu d'eux, surpris et embarrassé, sans comprendre ce qu'on allait lui faire. Mais le gars qui avait apporté la nouvelle, enorgueilli[2] du succès obtenu déjà, lui demanda :

– Comment t'appelles-tu, toi ?

Il répondit : « Simon. »

– Simon quoi ? reprit l'autre.

L'enfant répéta tout confus : « Simon. »

Le gars lui cria : « On s'appelle Simon quelque chose… c'est pas un nom ça… Simon. »

Et lui, prêt à pleurer, répondit pour la troisième fois :

– Je m'appelle Simon.

Les galopins se mirent à rire. Le gars triomphant éleva la voix : « Vous voyez bien qu'il n'a pas de papa. »

Un grand silence se fit. Les enfants étaient stupéfaits par cette chose extraordinaire, impossible, monstrueuse – un garçon qui n'a pas de papa ; ils le regardaient comme un phénomène, un être hors de la nature, et ils sentaient grandir en eux ce mépris, inexpliqué jusque-là, de leurs mères pour la Blanchotte.

Vocabulaire

1. *Gauche :* maladroit.

2. *Enorgueilli :* rendu orgueilleux.

Quant à Simon, il s'était appuyé contre un arbre pour ne pas tomber ; et il restait comme atterré[1] par un désastre irréparable. Il cherchait à s'expliquer. Mais il ne pouvait rien trouver pour leur répondre, et démentir[2] cette chose affreuse qu'il n'avait pas de papa. Enfin, livide[3], il leur cria à tout hasard : « Si, j'en ai un. »

– Où est-il ? demanda le gars.

Simon se tut ; il ne savait pas. Les enfants riaient, très excités ; et ces fils des champs, plus proches des bêtes, éprouvaient ce besoin cruel qui pousse les poules d'une basse-cour à achever l'une d'entre elles aussitôt qu'elle est blessée. Simon avisa tout à coup un petit voisin, le fils d'une veuve, qu'il avait toujours vu, comme lui-même, tout seul avec sa mère.

– Et toi non plus, dit-il, tu n'as pas de papa.

– Si, répondit l'autre, j'en ai un.

– Où est-il ? riposta Simon.

– Il est mort, déclara l'enfant avec une fierté superbe, il est au cimetière, mon papa.

Un murmure d'approbation courut parmi les garnements, comme si ce fait d'avoir son père mort au cimetière eût grandi leur camarade pour écraser cet autre qui n'en avait point du tout. Et ces polissons[4], dont les pères étaient, pour la plupart, méchants, ivrognes, voleurs et durs à leurs femmes, se bousculaient en se serrant de plus en plus, comme si eux, les légitimes, eussent voulu étouffer dans une pression celui qui était hors la loi.

Vocabulaire

1. *Atterré :* accablé, abattu.
2. *Démentir :* nier.
3. *Livide :* très pâle.
4. *Polissons :* garnements, fripons.

L'un, tout à coup, qui se trouvait contre Simon, lui tira la langue d'un air narquois[1] et lui cria :

– Pas de papa ! pas de papa !

Simon le saisit à deux mains aux cheveux et se mit à lui cribler[2] les jambes de coups de pieds, pendant qu'il lui mordait la joue cruellement. Il se fit une bousculade énorme. Les deux combattants furent séparés, et Simon se trouva frappé, déchiré, meurtri, roulé par terre, au milieu du cercle des galopins[3] qui applaudissaient. Comme il se relevait, en nettoyant machinalement avec sa main sa petite blouse toute sale de poussière, quelqu'un lui cria :

– Va le dire à ton papa.

Alors il sentit dans son cœur un grand écroulement. Ils étaient plus forts que lui, ils l'avaient battu, et il ne pouvait point leur répondre, car il sentait bien que c'était vrai qu'il n'avait pas de papa. Plein d'orgueil, il essaya pendant quelques secondes de lutter contre les larmes qui l'étranglaient. Il eut une suffocation[4], puis, sans cris, il se mit à pleurer par grands sanglots qui le secouaient précipitamment.

Alors une joie féroce éclata chez ses ennemis, et naturellement, ainsi que les sauvages dans leurs gaietés terribles, ils se prirent par la main et se mirent à danser en rond autour de lui, en répétant comme un refrain : « Pas de papa ! pas de papa ! »

Vocabulaire

1. *Narquois :* moqueur.
2. *Cribler :* ici, frapper.
3. *Galopins :* gamins, vauriens.
4. *Suffocation :* difficulté à respirer.

Mais Simon tout à coup cessa de sangloter. Une rage l'affola[1]. Il y avait des pierres sous ses pieds ; il les ramassa et, de toutes ses forces, les lança contre ses bourreaux. Deux ou trois furent atteints et se sauvèrent en criant ; et il avait l'air tellement formidable[2] qu'une panique eut lieu parmi les autres. Lâches, comme l'est toujours la foule devant un homme exaspéré, ils se débandèrent[3] et s'enfuirent.

Resté seul, le petit enfant sans père se mit à courir vers les champs, car un souvenir lui était venu qui avait amené dans son esprit une grande résolution. Il voulait se noyer dans la rivière.

Il se rappelait en effet que, huit jours auparavant, un pauvre diable[4] qui mendiait sa vie s'était jeté dans l'eau parce qu'il n'avait plus d'argent. Simon était là lorsqu'on le repêchait ; et le triste bonhomme, qui lui semblait ordinairement lamentable, malpropre et laid, l'avait alors frappé par son air tranquille, avec ses joues pâles, sa longue barbe mouillée et ses yeux ouverts, très calmes. On avait dit alentour : « Il est mort. » Quelqu'un avait ajouté : « Il est bien heureux maintenant. » Et Simon voulait aussi se noyer parce qu'il n'avait pas de père, comme ce misérable qui n'avait pas d'argent.

Il arriva tout près de l'eau et la regarda couler. Quelques poissons folâtraient[5], rapides, dans le courant clair, et, par moments, faisaient un petit bond et happaient des mouches

---

Vocabulaire

1. *L'affola :* le rendit fou.
2. *Formidable :* terrible, redoutable.
3. *Se débandèrent :* se dispersèrent.
4. *Un pauvre diable :* un miséreux.
5. *Folâtraient :* s'agitaient gaiement.

voltigeant à la surface. Il cessa de pleurer pour les voir, car leur manège l'intéressait beaucoup. Mais, parfois, comme dans les accalmies d'une tempête passent tout à coup de grandes rafales de vent qui font craquer les arbres et se perdent à l'horizon, cette pensée lui revenait avec une douleur aiguë : « Je vais me noyer parce que je n'ai point de papa. »

Il faisait très chaud, très bon. Le doux soleil chauffait l'herbe. L'eau brillait comme un miroir. Et Simon avait des minutes de béatitude[1], de cet alanguissement[2] qui suit les larmes, où il lui venait de grandes envies de s'endormir là, sur l'herbe, dans la chaleur.

Une petite grenouille verte sauta sous ses pieds. Il essaya de la prendre. Elle lui échappa. Il la poursuivit et la manqua trois fois de suite. Enfin il la saisit par l'extrémité de ses pattes de derrière et il se mit à rire en voyant les efforts que faisait la bête pour s'échapper. Elle se ramassait[3] sur ses grandes jambes, puis, d'une détente brusque, les allongeait subitement, roides[4] comme deux barres ; tandis que, l'œil tout rond avec son cercle d'or, elle battait l'air de ses pattes de devant qui s'agitaient comme des mains. Cela lui rappela un joujou fait avec d'étroites planchettes de bois clouées en zigzag les unes sur les autres, qui, par un mouvement semblable, conduisaient l'exercice de petits soldats piqués dessus. Alors, il pensa à sa maison, puis à sa mère, et, pris d'une grande tristesse, il recommença à pleurer. Des frissons

---

Vocabulaire

1. *Béatitude :* bonheur, euphorie.
2. *Alanguissement :* relâchement, détente.
3. *Se ramassait :* se repliait.
4. *Roides :* raides.

lui passaient dans les membres ; il se mit à genoux et récita sa prière comme avant de s'endormir. Mais il ne put l'achever, car des sanglots lui revinrent si pressés, si tumultueux, qu'ils l'envahirent tout entier. Il ne pensait plus ; il ne voyait plus rien autour de lui et il n'était occupé qu'à pleurer.

Soudain, une lourde main s'appuya sur son épaule et une grosse voix lui demanda : « Qu'est-ce qui te fait donc tant de chagrin, mon bonhomme ? »

Simon se retourna. Un grand ouvrier qui avait une barbe et des cheveux noirs tout frisés le regardait d'un air bon. Il répondit avec des larmes plein les yeux et plein la gorge :

– Ils m'ont battu... parce que... je... je... n'ai pas... de papa... pas de papa...

– Comment, dit l'homme en souriant, mais tout le monde en a un.

L'enfant reprit péniblement au milieu des spasmes[1] de son chagrin : « Moi... moi... je n'en ai pas. »

Alors l'ouvrier devint grave ; il avait reconnu le fils de la Blanchotte, et, quoique nouveau dans le pays, il savait vaguement son histoire.

– Allons, dit-il, console-toi, mon garçon, et viens-t'en avec moi chez ta maman. On t'en donnera... un papa.

Ils se mirent en route, le grand tenant le petit par la main, et l'homme souriait de nouveau, car il n'était pas fâché de voir cette Blanchotte, qui était, contait-on, une des plus belles

---

Vocabulaire

1. *Spasmes :* secousses nerveuses.

filles du pays ; et il se disait peut-être, au fond de sa pensée, qu'une jeunesse[1] qui avait failli[2] pouvait bien faillir encore.

Ils arrivèrent devant une petite maison blanche, très propre.

– C'est là, dit l'enfant, et il cria : « Maman ! »

Une femme se montra, et l'ouvrier cessa brusquement de sourire, car il comprit tout de suite qu'on ne badinait[3] plus avec cette grande fille pâle qui restait sévère sur sa porte, comme pour défendre à un homme le seuil de cette maison où elle avait été déjà trahie par un autre. Intimidé et sa casquette à la main, il balbutia[4] :

– Tenez, madame, je vous ramène votre petit garçon qui s'était perdu près de la rivière.

Mais Simon sauta au cou de sa mère et lui dit en se remettant à pleurer :

– Non, maman, j'ai voulu me noyer, parce que les autres m'ont battu... m'ont battu... parce que je n'ai pas de papa.

Une rougeur cuisante couvrit les joues de la jeune femme, et, meurtrie jusqu'au fond de sa chair, elle embrassa son enfant avec violence pendant que des larmes rapides lui coulaient sur la figure. L'homme ému restait là, ne sachant comment partir. Mais Simon soudain courut vers lui et lui dit :

– Voulez-vous être mon papa ?

Vocabulaire

1. *Jeunesse :* jeune femme.
2. *Avait failli :* s'était laissé séduire.
3. *Badinait :* plaisantait.
4. *Balbutia :* dit en bredouillant.

Un grand silence se fit. La Blanchotte, muette et torturée de honte, s'appuyait contre le mur, les deux mains sur son cœur. L'enfant, voyant qu'on ne lui répondait point, reprit :

– Si vous ne voulez pas, je retournerai me noyer.

L'ouvrier prit la chose en plaisanterie et répondit en riant :

– Mais oui, je veux bien.

– Comment est-ce que tu t'appelles, demanda alors l'enfant, pour que je réponde aux autres quand ils voudront savoir ton nom ?

– Philippe, répondit l'homme.

Simon se tut une seconde pour bien faire entrer ce nom-là dans sa tête, puis il tendit les bras, tout consolé, en disant :

– Eh bien ! Philippe, tu es mon papa.

L'ouvrier, l'enlevant de terre, l'embrassa brusquement sur les deux joues, puis il s'enfuit très vite à grandes enjambées.

Quand l'enfant entra dans l'école, le lendemain, un rire méchant l'accueillit ; et à la sortie, lorsque le gars voulu recommencer, Simon lui jeta ces mots à la tête, comme il aurait fait d'une pierre : « Il s'appelle Philippe, mon papa. »

Des hurlements de joie jaillirent de tous les côtés :

– Philippe qui ?... Philippe quoi ?... Qu'est-ce que c'est que ça, Philippe ?... Où l'as-tu pris, ton Philippe ?

Simon ne répondit rien ; et, inébranlable dans sa foi, il les défiait de l'œil, prêt à se laisser martyriser plutôt que de fuir devant eux. Le maître d'école le délivra et il retourna chez sa mère.

Pendant trois mois, le grand ouvrier Philippe passa souvent auprès de la maison de la Blanchotte et, quelquefois, il s'enhardissait à[1] lui parler lorsqu'il la voyait cousant auprès de sa fenêtre. Elle lui répondait poliment, toujours grave, sans rire jamais avec lui, et sans le laisser entrer chez elle. Cependant, un peu fat[2], comme tous les hommes, il s'imagina qu'elle était souvent plus rouge que de coutume[3] lorsqu'elle causait avec lui.

Mais une réputation tombée est si pénible à refaire et demeure toujours si fragile, que, malgré la réserve ombrageuse[4] de la Blanchotte, on jasait[5] déjà dans le pays.

Quant à Simon, il aimait beaucoup son nouveau papa et se promenait avec lui presque tous les soirs, la journée finie. Il allait assidûment à l'école et passait au milieu de ses camarades fort digne, sans leur répondre jamais.

Un jour, pourtant, le gars qui l'avait attaqué le premier lui dit :

– Tu as menti, tu n'as pas un papa qui s'appelle Philippe.

– Pourquoi ça ? demanda Simon très ému.

Le gars se frottait les mains. Il reprit :

– Parce que si tu en avais un, il serait le mari de ta maman.

Simon se troubla devant la justesse de ce raisonnement, néanmoins il répondit : « C'est mon papa tout de même. »

– Ça se peut bien, dit le gars en ricanant, mais ce n'est pas ton papa tout à fait.

Vocabulaire

1. *S'enhardissait à :* osait.
2. *Fat :* vaniteux, arrogant.
3. *De coutume :* d'habitude.
4. *Réserve ombrageuse :* prudence méfiante.
5. *Jasait :* parlait pour répandre des rumeurs et des médisances.

Le petit à la Blanchotte courba la tête et s'en alla rêveur du côté de la forge[1] au père Loizon, où travaillait Philippe.

Cette forge était comme ensevelie sous des arbres. Il y faisait très sombre ; seule, la lueur rouge d'un foyer formidable éclairait par grands reflets cinq forgerons aux bras nus qui frappaient sur leurs enclumes avec un terrible fracas. Ils se tenaient debout, enflammés comme des démons, les yeux fixés sur le fer ardent qu'ils torturaient ; et leur lourde pensée montait et retombait avec leurs marteaux.

Simon entra sans être vu et alla tout doucement tirer son ami par la manche. Celui-ci se retourna. Soudain le travail s'interrompit, et tous les hommes regardèrent, très attentifs. Alors, au milieu de ce silence inaccoutumé, monta la petite voix frêle de Simon.

– Dis donc, Philippe, le gars à la Michaude m'a conté tout à l'heure que tu n'étais pas mon papa tout à fait.

– Pourquoi ça ? demanda l'ouvrier.

L'enfant répondit avec toute sa naïveté :

– Parce que tu n'es pas le mari de maman.

Personne ne rit. Philippe resta debout, appuyant son front sur le dos de ses grosses mains que supportait le manche de son marteau dressé sur l'enclume. Il rêvait. Ses quatre compagnons le regardaient et, tout petit entre ces géants, Simon, anxieux, attendait. Tout à coup, un des forgerons, répondant à la pensée de tous, dit à Philippe :

Vocabulaire

1. *Forge :* usine où la fonte est transformée en acier.

– C'est tout de même une bonne et brave fille que la Blanchotte, et vaillante et rangée malgré son malheur, et qui serait une digne femme pour un honnête homme.

– Ça, c'est vrai, dirent les trois autres.

L'ouvrier continua :

– Est-ce sa faute, à cette fille, si elle a failli ? On lui avait promis mariage, et j'en connais plus d'une qu'on respecte bien aujourd'hui et qui en a fait tout autant.

– Ça, c'est vrai, répondirent en chœur les trois hommes.

Il reprit : « Ce qu'elle a peiné, la pauvre, pour élever son gars toute seule, et ce qu'elle a pleuré depuis qu'elle ne sort plus que pour aller à l'église, il n'y a que le bon Dieu qui le sait. »

– C'est encore vrai, dirent les autres.

Alors on n'entendit plus que le soufflet qui activait le feu du foyer. Philippe, brusquement, se pencha vers Simon :

– Va dire à ta maman que j'irai lui parler ce soir.

Puis il poussa l'enfant dehors par les épaules.

Il revint à son travail et, d'un seul coup, les cinq marteaux retombèrent ensemble sur les enclumes. Ils battirent ainsi le fer jusqu'à la nuit, forts, puissants, joyeux comme des marteaux satisfaits. Mais, de même que le bourdon[1] d'une cathédrale résonne dans les jours de fête au-dessus du tintement des autres cloches, ainsi le marteau de Philippe, dominant le fracas des autres, s'abattait de seconde en seconde avec un vacarme assourdissant. Et lui, l'œil allumé, forgeait passionnément, debout dans les étincelles.

Vocabulaire

1. *Bourdon :* grosse cloche.

Le ciel était plein d'étoiles quand il vint frapper à la porte de la Blanchotte. Il avait sa blouse des dimanches, une chemise fraîche et la barbe faite. La jeune femme se montra sur le seuil et lui dit d'un air peiné : « C'est mal de venir ainsi la nuit tombée, monsieur Philippe. »

Il voulut répondre, balbutia et resta confus devant elle.

Elle reprit : « Vous comprenez bien pourtant qu'il ne faut plus que l'on parle de moi. »

Alors, lui, tout à coup :

– Qu'est-ce que ça fait, dit-il, si vous voulez être ma femme !

Aucune voix ne lui répondit, mais il crut entendre dans l'ombre de la chambre le bruit d'un corps qui s'affaissait. Il entra bien vite ; et Simon, qui était couché dans son lit, distingua le son d'un baiser et quelques mots que sa mère murmurait bien bas. Puis, tout à coup, il se sentit enlevé dans les mains de son ami, et celui-ci, le tenant au bout de ses bras d'hercule, lui cria :

– Tu leur diras, à tes camarades, que ton papa c'est Philippe Remy, le forgeron, et qu'il ira tirer les oreilles à tous ceux qui te feront du mal.

Le lendemain, comme l'école était pleine et que la classe allait commencer, le petit Simon se leva, tout pâle et les lèvres tremblantes : « Mon papa, dit-il d'une voix claire, c'est Philippe Remy, le forgeron, et il a promis qu'il tirerait les oreilles à tous ceux qui me feraient du mal. »

Cette fois, personne ne rit plus, car on le connaissait bien ce Philippe Remy, le forgeron, et c'était un papa, celui-là, dont tout le monde eût été fier.

Pierrot

Mme Lefèvre était une dame de campagne, une veuve, une de ces demi-paysannes à rubans et à chapeaux falbalas[1], de ces personnes qui parlent avec des cuirs[2], prennent en public des airs grandioses, et cachent une âme de brute prétentieuse sous des dehors comiques et chamarrés[3], comme elles dissimulent leurs grosses mains rouges sous des gants de soie écrue.

Elle avait pour servante une brave campagnarde toute simple, nommée Rose.

Les deux femmes habitaient une petite maison à volets verts, le long d'une route, en Normandie, au centre du pays de Caux.

Comme elles possédaient, devant l'habitation, un étroit jardin, elles cultivaient quelques légumes.

Or, une nuit, on lui vola une douzaine d'oignons.

Dès que Rose s'aperçut du larcin[4], elle courut prévenir madame, qui descendit en jupe de laine. Ce fut une désolation et une terreur. On avait volé, volé Mme Lefèvre ! Donc, on volait dans le pays, puis on pouvait revenir.

Et les deux femmes effarées contemplaient les traces de pas, bavardaient, supposaient des choses : « Tenez, ils ont passé par là. Ils ont mis leurs pieds sur le mur ; ils ont sauté dans la plate-bande. »

Vocabulaire

1. *Chapeaux à falbalas :* chapeaux ornés sur leurs bords d'étoffe plissée.

2. *Cuirs :* en faisant de mauvaises liaisons quand elles parlent.

3. *Chamarrés :* colorés.

4. *Larcin :* vol.

Et elles s'épouvantaient pour l'avenir. Comment dormir tranquilles maintenant !

Le bruit du vol se répandit. Les voisins arrivèrent, constatèrent, discutèrent à leur tour ; et les deux femmes expliquaient à chaque nouveau venu leurs observations et leurs idées.

Un fermier d'à côté leur offrit ce conseil : « Vous devriez avoir un chien. »

C'était vrai, cela ; elles devraient avoir un chien, quand ce ne serait que pour donner l'éveil. Pas un gros chien, Seigneur ! Que feraient-elles d'un gros chien ! Il les ruinerait en nourriture. Mais un petit chien (en Normandie, on prononce *quin*), un petit freluquet[1] de *quin* qui jappe[2].

Dès que tout le monde fut parti, Mme Lefèvre discuta longtemps cette idée de chien. Elle faisait, après réflexion, mille objections[3], terrifiée par l'image d'une jatte[4] pleine de pâtée[5] ; car elle était de cette race parcimonieuse[6] de dames campagnardes qui portent toujours des centimes dans leur poche pour faire l'aumône ostensiblement aux pauvres des chemins, et donner aux quêtes du dimanche.

Rose, qui aimait les bêtes, apporta ses raisons et les défendit avec astuce. Donc il fut décidé qu'on aurait un chien, un tout petit chien.

Vocabulaire

1. *Freluquet :* chétif et prétentieux.
2. *Jappe :* aboie de manière aiguë.
3. *Objections :* protestations.
4. *Jatte :* grand bol.
5. *Pâtée :* nourriture pour animaux.
6. *Parcimonieuse :* économe, avare.

On se mit à sa recherche, mais on n'en trouvait que des grands, des avaleurs de soupe à faire frémir. L'épicier de Rolleville en avait bien un, un tout petit ; mais il exigeait qu'on le lui payât deux francs, pour couvrir ses frais d'élevage. Mme Lefèvre déclara qu'elle voulait bien nourrir un « quin », mais qu'elle n'en achèterait pas.

Or, le boulanger, qui savait les événements, apporta, un matin, dans sa voiture, un étrange petit animal tout jaune, presque sans pattes, avec un corps de crocodile, une tête de renard et une queue en trompette, un vrai panache, grand comme tout le reste de sa personne. Un client cherchait à s'en défaire. Mme Lefèvre trouva fort beau ce roquet[1] immonde, qui ne coûtait rien. Rose l'embrassa, puis demanda comment on le nommait. Le boulanger répondit : « Pierrot. »

Il fut installé dans une vieille caisse à savon et on lui offrit d'abord de l'eau à boire. Il but. On lui présenta ensuite un morceau de pain. Il mangea. Mme Lefèvre, inquiète, eut une idée : « Quand il sera bien accoutumé à la maison, on le laissera libre. Il trouvera à manger en rôdant par le pays. »

On le laissa libre, en effet, ce qui ne l'empêcha point d'être affamé. Il ne jappait d'ailleurs que pour réclamer sa pitance ; mais, dans ce cas, il jappait avec acharnement.

Tout le monde pouvait entrer dans le jardin. Pierrot allait caresser chaque nouveau venu, et demeurait absolument muet.

Mme Lefèvre cependant s'était accoutumée à cette bête. Elle en arrivait même à l'aimer, et à lui donner de sa main,

---

Vocabulaire

1. *Roquet :* chien, corniaud.

de temps en temps, des bouchées de pain trempées dans la sauce de son fricot[1].

Mais elle n'avait nullement songé à l'impôt[2], et quand on lui réclama huit francs – huit francs, madame ! – pour ce freluquet de *quin* qui ne jappait seulement point, elle faillit s'évanouir de saisissement.

Il fut immédiatement décidé qu'on se débarrasserait de Pierrot. Personne n'en voulut. Tous les habitants le refusèrent à dix lieues aux environs. Alors on se résolut, faute d'autre moyen, à lui faire « piquer du mas ».

« Piquer du mas », c'est « manger de la marne[3] ». On fait piquer du mas à tous les chiens dont on veut se débarrasser.

Au milieu d'une vaste plaine, on aperçoit une espèce de hutte, ou plutôt un tout petit toit de chaume, posé sur le sol. C'est l'entrée de la marnière[4]. Un grand puits tout droit s'enfonce jusqu'à vingt mètres sous terre, pour aboutir à une série de longues galeries de mines.

On descend une fois par an dans cette carrière, à l'époque où l'on marne[5] les terres. Tout le reste du temps, elle sert de cimetière aux chiens condamnés ; et souvent, quand on passe auprès de l'orifice, des hurlements plaintifs, des aboiements furieux ou désespérés, des appels lamentables montent jusqu'à vous.

Vocabulaire

1. *Fricot :* ragoût.

2. *Impôt :* en France, l'impôt sur les chiens a été créé en 1855 par le gouvernement de Napoléon III et a été aboli en 1971.

3. *Marne :* roche d'argile et de calcaire.

4. *Marnière :* carrière d'où l'on extrait la marne.

5. *Marne :* fertilise la terre en la couvrant de marne.

Les chiens des chasseurs et des bergers s'enfuient avec épouvante des abords de ce trou gémissant ; et, quand on se penche au-dessus, il sort une abominable odeur de pourriture.

Des drames affreux s'y accomplissent dans l'ombre.

Quand une bête agonise depuis dix à douze jours dans le fond, nourrie par les restes immondes de ses devanciers, un nouvel animal, plus gros, plus vigoureux certainement, est précipité tout à coup. Ils sont là, seuls, affamés, les yeux luisants. Ils se guettent, se suivent, hésitent, anxieux. Mais la faim les presse : ils s'attaquent, luttent longtemps, acharnés ; et le plus fort mange le plus faible, le dévore vivant.

Quand il fut décidé qu'on ferait « piquer du mas » à Pierrot, on s'enquit[1] d'un exécuteur. Le cantonnier qui binait[2] la route demanda dix sous pour la course. Cela parut follement exagéré à Mme Lefèvre. Le goujat[3] du voisin se contentait de cinq sous ; c'était trop encore ; et, Rose ayant fait observer qu'il valait mieux qu'elles le portassent elles-mêmes, parce qu'ainsi il ne serait pas brutalisé en route et averti de son sort, il fut résolu qu'elles iraient toutes les deux, à la nuit tombante.

On lui offrit, ce soir-là, une bonne soupe avec un doigt de beurre. Il l'avala jusqu'à la dernière goutte ; et, comme il remuait la queue de contentement, Rose le prit dans son tablier.

Elles allaient à grands pas, comme des maraudeuses[4], à travers la plaine. Bientôt elles aperçurent la marnière et l'attei-

---

Vocabulaire

1. *S'enquit :* rechercha.
2. *Binait :* bêchait.
3. *Goujat :* valet, domestique.
4. *Maraudeuses :* voleuses.

gnirent ; Mme Lefèvre se pencha pour écouter si aucune bête ne gémissait. – Non – il n'y en avait pas ; Pierrot serait seul. Alors Rose qui pleurait, l'embrassa, puis le lança dans le trou ; et elles se penchèrent toutes deux, l'oreille tendue.

Elles entendirent d'abord un bruit sourd ; puis la plainte aiguë, déchirante, d'une bête blessée, puis une succession de petits cris de douleur, puis des appels désespérés, des supplications de chien qui implorait, la tête levée vers l'ouverture.

Il jappait, oh ! il jappait !

Elles furent saisies de remords, d'épouvante, d'une peur folle et inexplicable ; et elles se sauvèrent en courant. Et, comme Rose allait plus vite, Mme Lefèvre criait : « Attendez-moi, Rose, attendez-moi ! »

Leur nuit fut hantée de cauchemars épouvantables.

Mme Lefèvre rêva qu'elle s'asseyait à table pour manger la soupe, mais, quand elle découvrait la soupière, Pierrot était dedans. Il s'élançait et la mordait au nez.

Elle se réveilla et crut l'entendre japper encore. Elle écouta ; elle s'était trompée.

Elle s'endormit de nouveau et se trouva sur une grande route, une route interminable, qu'elle suivait. Tout à coup, au milieu du chemin, elle aperçut un panier, un grand panier de fermier, abandonné ; et ce panier lui faisait peur.

Elle finissait cependant par l'ouvrir, et Pierrot, blotti dedans, lui saisissait la main, ne la lâchait plus ; et elle se sauvait éperdue, portant ainsi au bout du bras le chien suspendu, la gueule serrée.

Au petit jour, elle se leva, presque folle, et courut à la marnière.

Il jappait ; il jappait encore, il avait jappé toute la nuit. Elle se mit à sangloter et l'appela avec mille petits noms caressants. Il répondit avec toutes les inflexions tendres de sa voix de chien.

Alors elle voulut le revoir, se promettant de le rendre heureux jusqu'à sa mort.

Elle courut chez le puisatier[1] chargé de l'extraction de la marne, et elle lui raconta son cas. L'homme écoutait sans rien dire. Quand elle eut fini, il prononça : « Vous voulez votre quin ? Ce sera quatre francs. »

Elle eut un sursaut ; toute sa douleur s'envola du coup.

« Quatre francs ! vous vous en feriez mourir ! quatre francs ! »

Il répondit : « Vous croyez que j'vas apporter mes cordes, mes manivelles, et monter tout ça, et m'n aller là-bas avec mon garçon et m'faire mordre encore par votre maudit quin, pour l'plaisir de vous le r'donner ? fallait pas l'jeter. »

Elle s'en alla, indignée. – Quatre francs !

Aussitôt rentrée, elle appela Rose et lui dit les prétentions[2] du puisatier. Rose, toujours résignée, répétait : « Quatre francs ! c'est de l'argent, madame. »

Puis, elle ajouta : « Si on lui jetait à manger, à ce pauvre quin, pour qu'il ne meure pas comme ça ? »

Mme Lefèvre approuva, toute joyeuse ; et les voilà reparties, avec un gros morceau de pain beurré.

Vocabulaire

1. *Puisatier :* ouvrier qui fore ou répare les puits.
2. *Prétentions :* exigences en terme de paiement.

Elles le coupèrent par bouchées qu'elles lançaient l'une après l'autre, parlant tour à tour à Pierrot. Et sitôt que le chien avait achevé un morceau, il jappait pour réclamer le suivant.

Elles revinrent le soir, puis le lendemain, tous les jours. Mais elles ne faisaient plus qu'un voyage.

Or, un matin, au moment de laisser tomber la première bouchée, elles entendirent tout à coup un aboiement formidable dans le puits. Ils étaient deux ! On avait précipité un autre chien, un gros !

Rose cria : « Pierrot ! » Et Pierrot jappa, jappa. Alors on se mit à jeter la nourriture ; mais, chaque fois elles distinguaient parfaitement une bousculade terrible, puis les cris plaintifs de Pierrot mordu par son compagnon, qui mangeait tout, étant le plus fort.

Elles avaient beau spécifier : « C'est pour toi, Pierrot ! » Pierrot, évidemment, n'avait rien.

Les deux femmes, interdites[1], se regardaient ; et Mme Lefèvre prononça d'un ton aigre : « Je ne peux pourtant pas nourrir tous les chiens qu'on jettera là-dedans. Il faut y renoncer. »

Et, suffoquée[2] à l'idée de tous ces chiens vivants à ses dépens, elle s'en alla, emportant même ce qui restait du pain qu'elle se mit à manger en marchant.

Rose la suivit en s'essuyant les yeux du coin de son tablier bleu.

Vocabulaire

1. *Interdites :* étonnées, sidérées.
2. *Suffoquée :* indignée, révoltée.

La Mère Sauvage

I

Je n'étais point revenu à Virelogne depuis quinze ans. J'y retournai chasser, à l'automne, chez mon ami Serval, qui avait enfin fait reconstruire son château, détruit par les Prussiens[1].

J'aimais ce pays infiniment. Il est des coins du monde délicieux qui ont pour les yeux un charme sensuel. On les aime d'un amour physique. Nous gardons, nous autres que séduit la terre, des souvenirs tendres pour certaines sources, certains bois, certains étangs, certaines collines, vus souvent et qui nous ont attendris à la façon des événements heureux. Quelquefois même la pensée retourne vers un coin de forêt, ou un bout de berge, ou un verger poudré de fleurs, aperçus une seule fois, par un jour gai, et restés en notre cœur comme ces images de femmes rencontrées dans la rue, un matin de printemps, avec une toilette claire et transparente, et qui nous laissent dans l'âme et dans la chair un désir inapaisé, inoubliable, la sensation du bonheur coudoyé.

À Virelogne, j'aimais toute la campagne, semée de petits bois et traversée par des ruisseaux qui couraient dans le sol comme des veines, portant le sang à la terre. On pêchait là-dedans des écrevisses, des truites et des anguilles ! Bonheur

---

Vocabulaire

1. *Prussiens :* Allemands.

divin ! On pouvait se baigner par places, et on trouvait souvent des bécassines[1] dans les hautes herbes qui poussaient sur les bords de ces minces cours d'eau.

J'allais, léger comme une chèvre, regardant mes deux chiens fourrager[2] devant moi. Serval, à cent mètres sur ma droite, battait un champ de luzerne. Je tournai les buissons qui forment la limite du bois des Saudres, et j'aperçus une chaumière en ruines.

Tout à coup, je me la rappelai telle que je l'avais vue pour la dernière fois, en 1869, propre, vêtue de vignes, avec des poules devant la porte. Quoi de plus triste qu'une maison morte, avec son squelette debout, délabré, sinistre ?

Je me rappelai aussi qu'une bonne femme m'avait fait boire un verre de vin là-dedans, un jour de grande fatigue, et que Serval m'avait dit alors l'histoire des habitants. Le père, vieux braconnier, avait été tué par les gendarmes. Le fils, que j'avais vu autrefois, était un grand garçon sec qui passait également pour un féroce destructeur de gibier. On les appelait les Sauvage.

Était-ce un nom ou un sobriquet[3] ?

Je hélai Serval. Il s'en vint de son long pas d'échassier[4].

Je lui demandai :

– Que sont devenus les gens de là ?

Et il me conta cette aventure.

Vocabulaire

1. *Bécassines :* oiseaux des marais à long bec pointu.
2. *Fourrager :* fouiller, fureter.
3. *Sobriquet :* surnom.
4. *Échassier :* oiseau des marais à longues pattes.

II

Lorsque la guerre fut déclarée, le fils Sauvage, qui avait alors trente-trois ans, s'engagea, laissant la mère seule au logis. On ne la plaignait pas trop, la vieille, parce qu'elle avait de l'argent, on le savait.

Elle resta donc toute seule dans cette maison isolée si loin du village, sur la lisière du bois. Elle n'avait pas peur, du reste, étant de la même race que ses hommes, une rude vieille, haute et maigre, qui ne riait pas souvent et avec qui on ne plaisantait point. Les femmes des champs ne rient guère d'ailleurs. C'est affaire aux hommes, cela ! Elles ont l'âme triste et bornée, ayant une vie morne[1] et sans éclaircie. Le paysan apprend un peu de gaieté bruyante au cabaret[2], mais sa compagne reste sérieuse avec une physionomie[3] constamment sévère. Les muscles de leur face n'ont point appris les mouvements du rire.

La mère Sauvage continua son existence ordinaire dans sa chaumière, qui fut bientôt couverte par les neiges. Elle s'en venait au village, une fois par semaine, chercher du pain et un peu de viande ; puis elle retournait dans sa masure. Comme on parlait des loups, elle sortait le fusil au dos, le fusil du fils, rouillé, avec la crosse usée par le frottement de la main ; et elle était curieuse à voir, la grande Sauvage, un peu courbée, allant à lentes enjambées par la neige, le canon de l'arme

---

Vocabulaire

1. *Morne :* terne, sans éclat, triste.
2. *Cabaret :* troquet, bistrot.
3. *Physionomie :* apparence, visage.

dépassant la coiffe noire qui lui serrait la tête et emprisonnait ses cheveux blancs, que personne n'avait jamais vus.

Un jour les Prussiens arrivèrent. On les distribua[1] aux habitants, selon la fortune et les ressources de chacun. La vieille, qu'on savait riche, en eut quatre.

C'étaient quatre gros garçons à la chair blonde, à la barbe blonde, aux yeux bleus, demeurés gras malgré les fatigues qu'ils avaient endurées déjà, et bons enfants, bien qu'en pays conquis. Seuls chez cette femme âgée, ils se montrèrent pleins de prévenances[2] pour elle, lui épargnant, autant qu'ils le pouvaient, des fatigues et des dépenses. On les voyait tous les quatre faire leur toilette autour du puits, le matin, en manches de chemise, mouillant à grande eau, dans le jour cru[3] des neiges, leur chair blanche et rose d'hommes du Nord, tandis que la mère Sauvage allait et venait, préparant la soupe. Puis on les voyait nettoyer la cuisine, frotter les carreaux, casser du bois, éplucher les pommes de terre, laver le linge, accomplir toutes les besognes de la maison, comme quatre bons fils autour de leur mère.

Mais elle pensait sans cesse au sien, la vieille, à son grand maigre au nez crochu, aux yeux bruns, à la forte moustache qui faisait sur sa lèvre un bourrelet de poils noirs. Elle demandait chaque jour, à chacun des soldats installés à son foyer :

– Savez-vous où est parti le régiment français, vingt-troisième de marche ? Mon garçon est dedans.

Vocabulaire

1. *Distribua :* répartit dans les familles.
2. *Prévenances :* attentions, délicatesses.
3. *Cru :* aveuglant.

Ils répondaient : « Non, bas su, bas savoir tu tout. » Et, comprenant sa peine et ses inquiétudes, eux qui avaient des mères là-bas, ils lui rendaient mille petits soins. Elle les aimait bien, d'ailleurs, ses quatre ennemis ; car les paysans n'ont guère les haines patriotiques ; cela n'appartient qu'aux classes supérieures. Les humbles, ceux qui paient le plus parce qu'ils sont pauvres et que toute charge nouvelle les accable, ceux qu'on tue par masses, qui forment la vraie chair à canon, parce qu'ils sont le nombre, ceux qui souffrent enfin le plus cruellement des atroces misères de la guerre, parce qu'ils sont les plus faibles et les moins résistants, ne comprennent guère ces ardeurs belliqueuses[1], ce point d'honneur excitable et ces prétendues combinaisons politiques qui épuisent en six mois deux nations, la victorieuse comme la vaincue.

On disait dans le pays, en parlant des Allemands de la mère Sauvage :

– En v'là quatre qu'ont trouvé leur gîte[2].

Or, un matin, comme la vieille femme était seule au logis, elle aperçut au loin dans la plaine un homme qui venait vers sa demeure. Bientôt elle le reconnut, c'était le piéton chargé de distribuer les lettres. Il lui remit un papier plié et elle tira de son étui les lunettes dont elle se servait pour coudre ; puis elle lut :

« Madame Sauvage, la présente est pour vous porter une triste nouvelle. Votre garçon Victor a été tué hier par un boulet, qui l'a censément coupé en deux parts. J'étais tout près,

---

Vocabulaire

1. *Belliqueuses :* guerrières.

2. *Gîte :* maison, refuge.

vu que nous nous trouvions côte à côte dans la compagnie et qu'il me parlait de vous pour vous prévenir au jour même s'il lui arrivait malheur.

J'ai pris dans sa poche sa montre pour vous la reporter quand la guerre sera finie.

Je vous salue amicalement.

CÉSAIRE RIVOT,
soldat de 2e classe au 23e de marche. »

La lettre était datée de trois semaines.

Elle ne pleurait point. Elle demeurait immobile, tellement saisie, hébétée[1], qu'elle ne souffrait même pas encore. Elle pensait : « V'là Victor qu'est tué, maintenant. » Puis peu à peu les larmes montèrent à ses yeux, et la douleur envahit son cœur. Les idées lui venaient une à une, affreuses, torturantes. Elle ne l'embrasserait plus, son enfant, son grand, plus jamais ! Les gendarmes avaient tué le père, les Prussiens avaient tué le fils... Il avait été coupé en deux par un boulet. Et il lui semblait qu'elle voyait la chose, la chose horrible : la tête tombant, les yeux ouverts, tandis qu'il mâchait le coin de sa grosse moustache, comme il faisait aux heures de colère.

Qu'est-ce qu'on avait fait de son corps, après ? Si seulement on lui avait rendu son enfant, comme on lui avait rendu son mari, avec sa balle au milieu du front ?

Mais elle entendit un bruit de voix. C'étaient les Prussiens qui revenaient du village. Elle cacha bien vite la lettre dans sa

---

Vocabulaire

1. *Hébétée :* sidérée, figée.

poche et elle les reçut tranquillement avec sa figure ordinaire, ayant eu le temps de bien essuyer ses yeux.

Ils riaient tous les quatre, enchantés, car ils rapportaient un beau lapin, volé sans doute, et ils faisaient signe à la vieille qu'on allait manger quelque chose de bon.

Elle se mit tout de suite à la besogne[1] pour préparer le déjeuner ; mais, quand il fallut tuer le lapin, le cœur lui manqua. Ce n'était pas le premier pourtant ! Un des soldats l'assomma d'un coup de poing derrière les oreilles.

Une fois la bête morte, elle fit sortir le corps rouge de la peau ; mais la vue du sang qu'elle maniait, qui lui couvrait les mains, du sang tiède qu'elle sentait se refroidir et se coaguler[2], la faisait trembler de la tête aux pieds ; et elle voyait toujours son grand coupé en deux, et tout rouge aussi, comme cet animal encore palpitant.

Elle se mit à table avec ses Prussiens, mais elle ne put manger, pas même une bouchée. Ils dévorèrent le lapin sans s'occuper d'elle. Elle les regardait de côté, sans parler, mûrissant une idée, et le visage tellement impassible qu'ils ne s'aperçurent de rien.

Tout à coup, elle demanda : « Je ne sais seulement point vos noms, et v'là un mois que nous sommes ensemble. » Ils comprirent, non sans peine, ce qu'elle voulait, et dirent leurs noms. Cela ne lui suffisait pas ; elle se les fit écrire sur un papier, avec l'adresse de leurs familles, et, reposant ses lunettes

---

Vocabulaire

1. *Besogne :* travail.

2. *Coaguler :* se figer.

sur son grand nez, elle considéra cette écriture inconnue, puis elle plia la feuille et la mit dans sa poche, par-dessus la lettre qui lui disait la mort de son fils.

Quand le repas fut fini, elle dit aux hommes :

– J'vas travailler pour vous.

Et elle se mit à monter du foin dans le grenier où ils couchaient.

Ils s'étonnèrent de cette besogne ; elle leur expliqua qu'ils auraient moins froid ; et ils l'aidèrent. Ils entassaient les bottes[1] jusqu'au toit de paille ; et ils se firent ainsi une sorte de grande chambre avec quatre murs de fourrage, chaude et parfumée, où ils dormiraient à merveille.

Au dîner, un d'eux s'inquiéta de voir que la mère Sauvage ne mangeait point encore. Elle affirma qu'elle avait des crampes. Puis elle alluma un bon feu pour se chauffer, et les quatre Allemands montèrent dans leur logis par l'échelle qui leur servait tous les soirs.

Dès que la trappe fut refermée, la vieille enleva l'échelle, puis rouvrit sans bruit la porte du dehors, et elle retourna chercher des bottes de paille dont elle emplit sa cuisine. Elle allait nu pieds, dans la neige, si doucement qu'on n'entendait rien. De temps en temps elle écoutait les ronflements sonores et inégaux des quatre soldats endormis.

Quand elle jugea suffisants ses préparatifs, elle jeta dans le foyer[2] une des bottes, et, lorsqu'elle fut enflammée, elle l'éparpilla sur les autres, puis elle ressortit et regarda.

Vocabulaire

1. *Bottes :* paille réunie en masses compactes.

2. *Foyer :* feu de la cheminée.

Une clarté violente illumina en quelques secondes tout l'intérieur de la chaumière, puis ce fut un brasier[1] effroyable, un gigantesque four ardent[2], dont la lueur jaillissait par l'étroite fenêtre et jetait sur la neige un éclatant rayon.

Puis un grand cri partit du sommet de la maison, puis ce fut une clameur de hurlements humains, d'appels déchirants d'angoisse et d'épouvante. Puis, la trappe s'étant écroulée à l'intérieur, un tourbillon de feu s'élança dans le grenier, perça le toit de paille, monta dans le ciel comme une immense flamme de torche ; et toute la chaumière flamba.

On n'entendait plus rien dedans que le crépitement de l'incendie, le craquement des murs, l'écroulement des poutres. Le toit tout à coup s'effondra, et la carcasse ardente de la demeure lança dans l'air, au milieu d'un nuage de fumée, un grand panache d'étincelles.

La campagne, blanche, éclairée par le feu, luisait comme une nappe d'argent teintée de rouge.

Une cloche, au loin, se mit à sonner.

La vieille Sauvage restait debout, devant son logis détruit, armée de son fusil, celui du fils, de crainte qu'un des hommes n'échappât.

Quand elle vit que c'était fini, elle jeta son arme dans le brasier. Une détonation retentit.

Des gens arrivaient, des paysans, des Prussiens.

On trouva la femme assise sur un tronc d'arbre, tranquille et satisfaite.

Vocabulaire

1. *Brasier :* feu.

2. *Ardent :* brûlant.

Un officier allemand, qui parlait le français comme un fils de France, lui demanda :

– Où sont vos soldats ?

Elle tendit son bras maigre vers l'amas[1] rouge de l'incendie qui s'éteignait, et elle répondit d'une voix forte :

– Là-dedans !

On se pressait autour d'elle. Le Prussien demanda :

– Comment le feu a-t-il pris ?

Elle prononça :

– C'est moi qui l'ai mis.

On ne la croyait pas, on pensait que le désastre l'avait soudain rendue folle. Alors, comme tout le monde l'entourait et l'écoutait, elle dit la chose d'un bout à l'autre, depuis l'arrivée de la lettre jusqu'au dernier cri des hommes flambés avec sa maison. Elle n'oublia pas un détail de ce qu'elle avait ressenti ni de ce qu'elle avait fait.

Quand elle eut fini, elle tira de sa poche deux papiers, et, pour les distinguer aux dernières lueurs du feu, elle ajusta encore ses lunettes, puis elle prononça, montrant l'un : « Ça, c'est la mort de Victor. » Montrant l'autre, elle ajouta, en désignant les ruines rouges d'un coup de tête : « Ça, c'est leurs noms pour qu'on écrive chez eux. » Elle tendit tranquillement la feuille blanche à l'officier, qui la tenait par les épaules, et elle reprit :

– Vous écrirez comment c'est arrivé, et vous direz à leurs parents que c'est moi qui a fait ça. Victoire Simon, la Sauvage ! N'oubliez pas. »

Vocabulaire

1. *Amas :* tas, amoncellement.

L'officier criait des ordres en allemand. On la saisit, on la jeta contre les murs encore chauds de son logis. Puis douze hommes se rangèrent vivement en face d'elle, à vingt mètres. Elle ne bougea point. Elle avait compris ; elle attendait.

Un ordre retentit, qu'une longue détonation suivit aussitôt. Un coup attardé partit tout seul, après les autres.

La vieille ne tomba point. Elle s'affaissa comme si on lui eût fauché les jambes.

L'officier prussien s'approcha. Elle était presque coupée en deux, et dans sa main crispée elle tenait sa lettre baignée de sang.

Mon ami Serval ajouta :

« C'est par représailles que les Allemands ont détruit le château du pays, qui m'appartenait. »

Moi, je pensais aux mères des quatre doux garçons brûlés là-dedans ; et à l'héroïsme atroce de cette autre mère, fusillée contre ce mur.

Et je ramassai une petite pierre, encore noircie par le feu.

Magnétisme

C'était à la fin d'un dîner d'hommes, à l'heure des interminables cigares et des incessants petits verres, dans la fumée et l'engourdissement chaud des digestions, dans le léger trouble des têtes après tant de viandes et de liqueurs absorbées et mêlées.

On vint à parler du magnétisme, des tours de Donato[1] et des expériences du docteur Charcot[2]. Soudain ces hommes sceptiques[3], aimables, indifférents à toute religion, se mirent à raconter des faits étranges, des histoires incroyables mais arrivées, affirmaient-ils, retombant brusquement en des croyances superstitieuses, se cramponnant à ce dernier reste de merveilleux, devenus dévots[4] à ce mystère du magnétisme, le défendant au nom de la science.

Un seul souriait, un vigoureux garçon, grand coureur de filles et chasseur de femmes, chez qui une incroyance à tout s'était ancrée si fortement qu'il n'admettait même point la discussion.

Il répétait en ricanant : « Des blagues ! des blagues ! des blagues ! Nous ne discuterons pas Donato qui est tout simplement un très malin faiseur de tours. Quant à M. Charcot

---

Vocabulaire et noms propres

1. *Donato :* Alfred-Édouard d'Hont, dit Donato, est un magnétiseur belge du XIXe siècle qui pratiquait le magnétisme et la fascination sur scène.

2. *Docteur Charcot :* Jean Martin Charcot (1825-1893) est un neurologue français qui a travaillé sur l'hypnose.

3. *Sceptiques :* qui doutent, qui ont besoin de preuves scientifiques.

4. *Dévots :* très croyants.

qu'on dit être un remarquable savant, il me fait l'effet de ces conteurs dans le genre d'Edgar Poe[1], qui finissent par devenir fous à force de réfléchir à d'étranges cas de folie. Il a constaté des phénomènes nerveux inexpliqués et encore inexplicables, il marche dans cet inconnu qu'on explore chaque jour, et ne pouvant toujours comprendre ce qu'il voit, il se souvient trop peut-être des explications ecclésiastiques[2] des mystères. Et puis je voudrais l'entendre parler, ce serait tout autre chose que ce que vous répétez. »

Il y eut autour de l'incrédule[3] une sorte de mouvement de pitié, comme s'il avait blasphémé[4] dans une assemblée de moines.

Un de ces messieurs s'écria :

« Il y a eu pourtant des miracles autrefois. »

Mais l'autre répondit :

« Je le nie. Pourquoi n'y en aurait-il plus ? »

Alors chacun apporta un fait, des pressentiments fantastiques, des communications d'âmes à travers de longs espaces, des influences secrètes d'un être sur un autre. Et on affirmait, on déclarait les faits indiscutables, tandis que le nieur acharné répétait : « Des blagues ! des blagues ! des blagues ! »

À la fin, il se leva, jeta son cigare, et les mains dans les poches : « Eh bien, moi aussi, je vais vous raconter deux histoires, et puis je vous les expliquerai. Les voici :

Vocabulaire et nom propre

1. *Edgar Poe :* écrivain américain (1809-1849), célèbre pour ses *Histoires extraordinaires*.
2. *Ecclésiastiques :* données par l'Église.
3. *Incrédule :* personne qu'on peine à convaincre, qui doute.
4. *Blasphémé :* dit des paroles outrageantes, injurieuses à l'égard de la religion.

Dans le petit village d'Étretat, les hommes, tous matelots, vont chaque année au banc de Terre-Neuve pêcher la morue. Or, une nuit, l'enfant d'un de ces marins se réveilla en sursaut en criant que son « pé était mort à la mé[1] ». On calma le mioche[2] qui se réveilla de nouveau en hurlant que son « pé était neyé[3] ». Un mois après on apprenait en effet la mort du père enlevé du pont par un coup de mer. La veuve se rappela les réveils de l'enfant. On cria au miracle, tout le monde s'émut ; on rapprocha les dates ; et il se trouva que l'accident et le rêve avaient coïncidé à peu près ; d'où l'on conclut qu'ils étaient arrivés la même nuit, à la même heure. Et voilà un mystère du magnétisme. »

Le conteur s'interrompit. Alors un des auditeurs, fort ému, demanda : « Et vous expliquez ça, vous ?

– Parfaitement, monsieur, j'ai trouvé le secret. Le fait m'avait surpris et même vivement embarrassé ; mais moi, voyez-vous, je ne crois pas par principe. De même que d'autres commencent par croire, je commence par douter ; et quand je ne comprends nullement, je continue à nier toute communication télépathique des âmes, sûr que ma pénétration seule est suffisante. Eh bien, j'ai cherché, cherché, et j'ai fini, à force d'interroger toutes les femmes des matelots absents, par me convaincre qu'il ne se passait pas huit jours sans que l'une d'elles ou l'un des enfants rêvât et annonçât à son réveil que le « pé était mort à la mé ». La crainte horrible et constante

---

Vocabulaire

1. *Son « pé était mort à la mé » :* son père était mort en mer.
2. *Mioche :* enfant (familier).
3. *Neyé :* noyé.

de cet accident fait qu'ils en parlent toujours, y pensent sans cesse. Or, si une de ces fréquentes prédictions coïncide, par un hasard très simple, avec une mort, on crie aussitôt au miracle, car on oublie soudain tous les autres songes, tous les autres présages, toutes les autres prophéties de malheur, demeurés sans confirmation. J'en ai pour ma part considéré plus de cinquante dont les auteurs, huit jours plus tard, ne se souvenaient même plus. Mais si l'homme, en effet, était mort, la mémoire se serait immédiatement réveillée, et l'on aurait célébré l'intervention de Dieu selon les uns, du magnétisme selon les autres.

Un des fumeurs déclara :

– C'est assez juste, ce que vous dites-là, mais voyons votre seconde histoire.

– Oh ! ma seconde histoire est fort délicate à raconter. C'est à moi qu'elle est arrivée, aussi je me défie un rien[1] de ma propre appréciation. On n'est jamais équitablement juge et partie. Enfin la voici :

J'avais dans mes relations mondaines une jeune femme à laquelle je ne songeais nullement, que je n'avais même jamais regardée attentivement, jamais remarquée, comme on dit.

Je la classais parmi les insignifiantes, bien qu'elle ne fût pas laide ; enfin elle me semblait avoir des yeux, un nez, une bouche, des cheveux quelconques, toute une physionomie[2] terne ; c'était un de ces êtres sur qui la pensée ne semble se

---

Vocabulaire

1. *Un rien :* un peu.
2. *Physionomie :* apparence.

poser que par hasard, ne se pouvoir arrêter, sur qui le désir ne s'abat point.

Or un soir, comme j'écrivais des lettres au coin de mon feu avant de me mettre au lit, j'ai senti au milieu de ce dévergondage d'idées, de cette procession d'images qui vous effleurent le cerveau quand on reste quelques minutes rêvassant, la plume en l'air, une sorte de petit souffle qui me passait dans l'esprit, un tout léger frisson du cœur, et immédiatement, sans raison, sans aucun enchaînement de pensées logique, j'ai vu distinctement, vu comme si je la touchais, vu des pieds à la tête, et sans un voile, cette jeune femme à qui je n'avais jamais songé plus de trois secondes de suite, le temps que son nom me traversât la tête. Et soudain je lui découvris un tas de qualités que je n'avais point observées, un charme doux, un attrait[1] langoureux[2] ; elle éveilla chez moi cette sorte d'inquiétude d'amour qui vous met à la poursuite d'une femme. Mais je n'y pensai pas longtemps. Je me couchai, je m'endormis. Et je rêvai.

Vous avez tous fait de ces rêves singuliers, n'est-ce pas, qui vous rendent maîtres de l'impossible, qui vous ouvrent des portes infranchissables, des joies inespérées, des bras impénétrables ?

Qui de nous, dans ces sommeils troublés, nerveux, haletants, n'a tenu, étreint, pétri, possédé avec une acuité[3] de sensation extraordinaire, celle dont son esprit était occupé ? Et

---

Vocabulaire

1. *Attrait :* charme, grâce.
2. *Langoureux :* tendre.
3. *Acuité :* netteté.

avez-vous remarqué quelles surhumaines délices[1] apportent ces bonnes fortunes du rêve ? En quelles ivresses folles elles vous jettent, de quels spasmes fougueux elles vous secouent, et quelle tendresse infinie, caressante, pénétrante elles vous enfoncent au cœur pour celle qu'on tient défaillante et chaude, en cette illusion adorable et brutale, qui semble une réalité !

Tout cela, je l'ai ressenti avec une inoubliable violence. Cette femme fut à moi, tellement à moi que la tiède douceur de sa peau me restait aux doigts, l'odeur de sa peau me restait au cerveau, le goût de ses baisers me restait aux lèvres, le son de sa voix me restait aux oreilles, le cercle de son étreinte autour des reins, et le charme ardent de sa tendresse en toute ma personne, longtemps après mon réveil exquis et décevant.

Et trois fois en cette même nuit, le songe se renouvela.

Le jour venu, elle m'obsédait, me possédait, me hantait la tête et les sens, à tel point que je ne restais plus une seconde sans penser à elle.

À la fin, ne sachant que faire, je m'habillai et je l'allai voir. Dans son escalier j'étais ému à trembler, mon cœur battait : un désir véhément[2] m'envahissait des pieds aux cheveux.

J'entrai. Elle se leva toute droite en entendant prononcer mon nom ; et soudain nos yeux se croisèrent avec une surprenante fixité. Je m'assis.

Je balbutiai quelques banalités qu'elle ne semblait point écouter. Je ne savais que dire ni que faire ; alors brusquement

---

Vocabulaire

1. *Délices :* le mot « délice » est masculin au singulier, mais féminin au pluriel (comme « amour » et « orgue »).

2. *Véhément :* passionné, ardent.

je me jetai sur elle, la saisissant à pleins bras ; et tout mon rêve s'accomplit si vite, si facilement, si follement, que je doutai soudain d'être éveillé... Elle fut pendant deux ans ma maîtresse...

– Qu'en concluez-vous ? dit une voix.

Le conteur semblait hésiter.

– J'en conclus... je conclus à une coïncidence, parbleu ! Et puis, qui sait ? C'est peut-être un regard d'elle que je n'avais point remarqué et qui m'est revenu ce soir-là par un de ces mystérieux et inconscients rappels de la mémoire qui nous représentent souvent des choses négligées par notre conscience, passées inaperçues devant notre intelligence !

– Tout ce que vous voudrez, conclut un convive, mais si vous ne croyez pas au magnétisme après cela, vous êtes un ingrat, mon cher monsieur.

La Morte

Je l'avais aimée éperdument[1] ! Pourquoi aime-t-on ? Est-ce bizarre de ne plus voir dans le monde qu'un être, de n'avoir plus dans l'esprit qu'une pensée, dans le cœur qu'un désir, et dans la bouche qu'un nom : un nom qui monte incessamment[2], qui monte, comme l'eau d'une source, des profondeurs de l'âme, qui monte aux lèvres, et qu'on dit, qu'on redit, qu'on murmure sans cesse, partout, ainsi qu'une prière.

Je ne conterai point notre histoire. L'amour n'en a qu'une, toujours la même. Je l'avais rencontrée et aimée. Voilà tout. Et j'avais vécu pendant un an dans sa tendresse, dans ses bras, dans sa caresse, dans son regard, dans ses robes, dans sa parole, enveloppé, lié, emprisonné dans tout ce qui venait d'elle, d'une façon si complète que je ne savais plus s'il faisait jour ou nuit, si j'étais mort ou vivant, sur la vieille terre ou ailleurs.

Et voilà qu'elle mourut. Comment ? Je ne sais pas, je ne sais plus.

Elle rentra mouillée, un soir de pluie, et le lendemain, elle toussait. Elle toussa pendant une semaine environ et prit le lit.

Que s'est-il passé ? Je ne sais plus.

Des médecins venaient, écrivaient, s'en allaient. On apportait des remèdes ; une femme les lui faisait boire. Ses mains étaient chaudes, son front brûlant et humide, son

---

Vocabulaire

1. *Éperdument :* à la folie.
2. *Incessamment :* sans cesse.

… triste. Je lui parlais, elle me répondait. Que … s dit ? Je ne sais plus. J'ai tout oublié, tout, … je me rappelle très bien son petit soupir, … aible, le dernier.

… h ! » Je compris, je compris ! Je n'ai plus … en su. Rien. Je vis un prêtre qui prononça ce mot : « Votre maîtresse. » Il me sembla qu'il l'insultait. Puisqu'elle était morte on n'avait plus le droit de savoir cela. Je le chassai. Un autre vint qui fut très bon, très doux. Je pleurai quand il me parla d'elle.

On me consulta sur mille choses pour l'enterrement. Je ne sais plus.

Je me rappelle cependant très bien le cercueil, le bruit des coups de marteau quand on la cloua dedans. Ah ! mon Dieu !

Elle fut enterrée ! enterrée ! Elle ! dans ce trou ! Quelques personnes étaient venues, des amies. Je me sauvai. Je courus.

Je marchai longtemps à travers des rues. Puis je rentrai chez moi.

Le lendemain je partis pour un voyage.

Hier, je suis rentré à Paris.

Quand je revis ma chambre, notre chambre, notre lit, nos meubles, toute cette maison où était resté tout ce qui reste de la vie d'un être après sa mort, je fus saisi par un retour de chagrin si violent que je faillis ouvrir la fenêtre et me jeter dans la rue. Ne pouvant plus demeurer au milieu de ces choses, de ces murs qui l'avaient enfermée, abritée, et qui devaient garder dans leurs imperceptibles fissures mille atomes d'elle, de sa chair et de son souffle, je pris mon chapeau, afin de me sauver. Tout à coup, au moment d'atteindre la porte, je passai devant la grande glace du vestibule qu'elle avait fait poser là pour se voir, des pieds à la tête, chaque jour, en sortant, pour voir si toute sa toilette allait bien, était correcte et jolie, des bottines à la coiffure.

Et je m'arrêtai net en face de ce miroir qui l'avait si souvent reflétée. Si souvent, si souvent, qu'il avait dû garder aussi son image.

J'étais là debout, frémissant, les yeux fixés sur le verre, sur le verre plat, profond, vide, mais qui l'avait contenue tout entière, possédée autant que moi, autant que mon regard passionné. Il me sembla que j'aimais cette glace – je la touchai –, elle était froide ! Oh ! le souvenir ! le souvenir ! miroir douloureux, miroir brûlant, miroir vivant, miroir horrible, qui fait souffrir toutes les tortures ! Heureux les hommes dont le cœur, comme une glace où glissent et s'effacent les reflets, oublie tout ce qu'il a contenu, tout ce qui a passé devant lui, tout ce qui s'est contemplé, miré[1] dans son affection, dans son amour ! Comme je souffre !

Je sortis et, malgré moi, sans savoir, sans le vouloir, j'allai vers le cimetière.

Je trouvai sa tombe toute simple, une croix de marbre, avec ces quelques mots : « Elle aima, fut aimée, et mourut. »

Elle était là, là-dessous, pourrie ! Quelle horreur ! Je sanglotais, le front sur le sol.

J'y restai longtemps, longtemps. Puis je m'aperçus que le soir venait. Alors un désir bizarre, fou, un désir d'amant

Vocabulaire

1. *Miré :* reflété.

désespéré s'empara de moi. Je voulus passer la nuit près d'elle, dernière nuit, à pleurer sur sa tombe. Mais on me verrait, on me chasserait. Comment faire ?

Je fus rusé. Je me levai et me mis à errer dans cette ville des disparus. J'allais, j'allais. Comme elle est petite cette ville à côté de l'autre, celle où l'on vit ! Et pourtant comme ils sont plus nombreux que les vivants, ces morts. Il nous faut de hautes maisons, des rues, tant de place, pour les quatre générations qui regardent le jour en même temps, boivent l'eau des sources, le vin des vignes et mangent le pain des plaines.

Et pour toutes les générations des morts, pour toute l'échelle de l'humanité descendue jusqu'à nous, presque rien, un champ, presque rien ! La terre les reprend, l'oubli les efface. Adieu !

Au bout du cimetière habité, j'aperçus tout à coup le cimetière abandonné, celui où les vieux défunts achèvent de se mêler au sol, où les croix elles-mêmes pourrissent, où l'on mettra demain les derniers venus. Il est plein de roses libres, de cyprès vigoureux et noirs, un jardin triste et superbe, nourri de chair humaine.

J'étais seul, bien seul. Je me blottis dans un arbre vert. Je m'y cachai tout entier, entre ces branches grasses et sombres.

Et j'attendis, cramponné au tronc comme un naufragé sur une épave.

Quand la nuit fut noire, très noire, je quittai mon refuge et me mis à marcher doucement, à pas lents, à pas sourds, sur cette terre pleine de morts.

J'errai longtemps, longtemps, longtemps. Je ne la retrouvais pas. Les bras étendus, les yeux ouverts, heurtant des tombes avec mes mains, avec mes pieds, avec mes genoux, avec ma poitrine, avec ma tête elle-même, j'allais sans la trouver. Je touchais, je palpais comme un aveugle qui cherche sa route, je palpais des pierres, des croix, des grilles de fer, des couronnes de verre, des couronnes de fleurs fanées ! Je lisais les noms avec mes doigts, en les promenant sur les lettres. Quelle nuit ! quelle nuit ! Je ne la retrouvais pas !

Pas de lune ! Quelle nuit ! J'avais peur, une peur affreuse dans ces étroits sentiers, entre deux lignes de tombes ! Des tombes ! des tombes ! des tombes. Toujours des tombes ! À droite, à gauche, devant moi, autour de moi, partout, des tombes ! Je m'assis sur une d'elles, car je ne pouvais plus marcher tant mes genoux fléchissaient.

J'entendais battre mon cœur ! Et j'entendais autre chose aussi ! Quoi ? un bruit confus innommable ! Était-ce dans ma tête affolée, dans la nuit impénétrable, ou sous la terre mystérieuse, sous la terre ensemencée de cadavres humains, ce bruit ? Je regardais autour de moi !

Combien de temps suis-je resté là ? Je ne sais pas. J'étais paralysé par la terreur, j'étais ivre d'épouvante, prêt à hurler, prêt à mourir.

Et soudain il me sembla que la dalle de marbre sur laquelle j'étais assis remuait. Certes, elle remuait, comme si on l'eût soulevée. D'un bond je me jetai sur le tombeau voisin, et je vis, oui, je vis la pierre que je venais de quitter se dresser toute droite ; et le mort apparut, un squelette nu qui, de son dos courbé la rejetait. Je voyais, je voyais très bien, quoique la nuit fût profonde. Sur la croix je pus lire : « Ici repose Jacques Olivant, décédé à l'âge de cinquante et un ans. Il aimait les siens, fut honnête et bon, et mourut dans la paix du Seigneur. »

Maintenant le mort aussi lisait les choses écrites sur son tombeau. Puis il ramassa une pierre dans le chemin, une petite pierre aiguë, et se mit à les gratter avec soin, ces choses. Il les effaça tout à fait, lentement, regardant de ses yeux vides la place où tout à l'heure elles étaient gravées ; et du bout de l'os qui avait été son index, il écrivit en lettres lumineuses comme ces lignes qu'on trace aux murs avec le bout d'une allumette :

« Ici repose Jacques Olivant, décédé à l'âge de cinquante et un ans. Il hâta par ses duretés la mort de son père dont il désirait hériter, il tortura sa femme, tourmenta ses enfants, trompa ses voisins, vola quand il le put et mourut misérable. »

Quand il eut achevé d'écrire, le mort immobile contempla son œuvre. Et je m'aperçus, en me retournant, que toutes les tombes étaient ouvertes, que tous les cadavres en étaient sortis, que tous avaient effacé les mensonges inscrits par les parents sur la pierre funéraire, pour y rétablir la vérité.

Et je voyais que tous avaient été les bourreaux de leurs proches, haineux, déshonnêtes, hypocrites, menteurs, fourbes, calomniateurs, envieux, qu'ils avaient volé, trompé, accompli tous les actes honteux, tous les actes abominables, ces bons pères, ces épouses fidèles, ces fils dévoués, ces jeunes filles chastes[1], ces commerçants probes[2], ces hommes et ces femmes dits irréprochables.

Ils écrivaient tous en même temps, sur le seuil de leur demeure éternelle, la cruelle, terrible et sainte vérité que tout le monde ignore ou feint d'ignorer sur la terre.

Je pensai qu'elle aussi avait dû la tracer sur sa tombe.

Et sans peur maintenant, courant au milieu des cercueils entrouverts, au milieu des cadavres, au milieu des squelettes, j'allai vers elle, sûr que je la trouverais aussitôt.

Je la reconnus de loin, sans voir le visage enveloppé du suaire.

Et sur la croix de marbre où tout à l'heure j'avais lu : « Elle aima, fut aimée, et mourut. »

J'aperçus :

« Étant sortie un jour pour tromper son amant, elle eut froid sous la pluie, et mourut. »

Il paraît qu'on me ramassa, inanimé, au jour levant, auprès d'une tombe.

Vocabulaire

1. *Chastes :* pures.

2. *Probes :* honnêtes.

La Peur

Le train filait, à toute vapeur, dans les ténèbres.

Je me trouvais seul, en face d'un vieux monsieur qui regardait par la portière. On sentait fortement le phénol[1] dans ce wagon du P.-L.-M.[2], venu sans doute de Marseille.

C'était par une nuit sans lune, sans air, brûlante. On ne voyait point d'étoiles, et le souffle du train lancé nous jetait quelque chose de chaud, de mou, d'accablant, d'irrespirable.

Partis de Paris depuis trois heures, nous allions vers le centre de la France sans rien voir des pays traversés.

Ce fut tout à coup comme une apparition fantastique. Autour d'un grand feu, dans un bois, deux hommes étaient debout.

Nous vîmes cela pendant une seconde : c'était, nous sembla-t-il, deux misérables en haillons, rouges dans la lueur éclatante du foyer, avec leurs faces barbues tournées vers nous, et autour d'eux, comme un décor de drame, les arbres verts, d'un vert clair et luisant, les troncs frappés par le vif reflet de la flamme, le feuillage traversé, pénétré, mouillé par la lumière qui coulait dedans.

Puis tout redevint noir de nouveau.

Certes, ce fut une vision fort étrange ! Que faisaient-ils dans cette forêt, ces deux rôdeurs ? Pourquoi ce feu dans cette nuit étouffante ?

Vocabulaire

1. *Phénol :* essence.
2. *P.-L.-M. :* train de la compagnie ferroviaire « Paris-Lyon-Méditerranée ».

Mon voisin tira sa montre et me dit :

« Il est juste minuit, monsieur, nous venons de voir une singulière chose. »

J'en convins et nous commençâmes à causer, à chercher ce que pouvaient être ces personnages : des malfaiteurs qui brûlaient des preuves ou des sorciers qui préparaient un philtre ? On n'allume pas un feu pareil, à minuit, en plein été, dans une forêt, pour cuire la soupe ? Que faisaient-ils donc ? Nous ne pûmes rien imaginer de vraisemblable.

Et mon voisin se mit à parler... C'était un vieil homme, dont je ne parvins point à déterminer la profession. Un original assurément, fort instruit, et qui semblait peut-être un pcu détraqué.

Mais sait-on quels sont les sages et quels sont les fous, dans cette vie où la raison devrait souvent s'appeler sottise et la folie s'appeler génie ?

Il disait :

Je suis content d'avoir vu cela. J'ai éprouvé pendant quelques minutes une sensation disparue !

Comme la terre devait être troublante autrefois, quand elle était si mystérieuse ! À mesure qu'on lève les voiles de l'inconnu, on dépeuple l'imagination des hommes. Vous ne trouvez pas, monsieur, que la nuit est bien vide et d'un noir bien vulgaire depuis qu'elle n'a plus d'apparitions.

On se dit : « Plus de fantastique, plus de croyances étranges, tout l'inexpliqué est explicable. Le surnaturel baisse comme un lac qu'un canal épuise ; la science, de jour en jour, recule les limites du merveilleux. »

Eh bien, moi, monsieur, j'appartiens à la vieille race, qui aime à croire. J'appartiens à la vieille race naïve accoutumée à ne pas comprendre, à ne pas chercher, à ne pas savoir, faite aux mystères environnants et qui se refuse à la simple et nette vérité.

Oui, monsieur, on a dépeuplé l'imagination en surprenant l'invisible. Notre terre m'apparaît aujourd'hui comme un monde abandonné, vide et nu. Les croyances sont parties qui la rendaient poétique.

Quand je sors la nuit, comme je voudrais frissonner de cette angoisse qui fait se signer les vieilles femmes le long des murs des cimetières et se sauver les derniers superstitieux devant les vapeurs étranges des marais et les fantasques feux follets[1]. Comme je voudrais croire à ce quelque chose de vague et de terrifiant qu'on s'imaginait sentir passer dans l'ombre !

Comme l'obscurité des soirs devait être sombre, terrible, autrefois, quand elle était pleine d'êtres fabuleux, inconnus, rôdeurs méchants, dont on ne pouvait deviner les formes, dont l'appréhension glaçait le cœur, dont la puissance occulte passait les bornes de notre pensée, et dont l'atteinte était inévitable !

Avec le surnaturel, la vraie peur a disparu de la terre, car on n'a vraiment peur que de ce qu'on ne comprend pas. Les dangers visibles peuvent émouvoir, troubler, effrayer ! Qu'est cela auprès de la convulsion que donne à l'âme la pensée qu'on va rencontrer un spectre errant, qu'on va subir l'étreinte d'un

---

Vocabulaire

1. *Feux follets :* petites flammes provoquées par une vapeur d'hydrogène.

mort, qu'on va voir accourir une de ces bêtes effroyables qu'inventa l'épouvante des hommes ? Les ténèbres me semblent claires depuis qu'elles ne sont plus hantées.

Et la preuve de cela, c'est que si nous nous trouvions seuls tout à coup dans ce bois, nous serions poursuivis par l'image des deux êtres singuliers qui viennent de nous apparaître dans l'éclair de leur foyer, bien plus que par l'appréhension d'un danger quelconque et réel.

Il répéta : « On n'a vraiment peur que de ce qu'on ne comprend pas. »

Et tout à coup un souvenir me vint, le souvenir d'une histoire que nous conta Tourgueniev[1], un dimanche, chez Gustave Flaubert[2].

L'a-t-il écrite quelque part, je n'en sais rien.

Personne plus que le grand romancier russe ne sut faire passer dans l'âme ce frisson de l'inconnu voilé, et, dans la demi-lumière d'un conte étrange, laisser entrevoir tout un monde de choses inquiétantes, incertaines, menaçantes.

Avec lui, on la sent bien, la peur vague de l'Invisible, la peur de l'inconnu qui est derrière le mur, derrière la porte, derrière la vie apparente. Avec lui, nous sommes brusquement traversés par des lumières douteuses qui éclairent seulement assez pour augmenter notre angoisse.

Il semble nous montrer parfois la signification de coïncidences bizarres, de rapprochements inattendus de circonstances

---

Noms propres

1. *Tourgueniev :* Ivan Tourgueniev (1818-1883), romancier et nouvelliste russe, ami de Flaubert et de Maupassant.
2. *Gustave Flaubert :* romancier français (1821-1880), auteur de *Madame Bovary*.

en apparence fortuites[1], mais que guiderait une volonté cachée et sournoise. On croit sentir, avec lui, un fil imperceptible qui nous guide d'une façon mystérieuse à travers la vie, comme à travers un rêve nébuleux[2] dont le sens nous échappe sans cesse.

Il n'entre point hardiment dans le surnaturel, comme Edgar Poe ou Hoffmann, il raconte des histoires simples où se mêle seulement quelque chose d'un peu vague et d'un peu troublant.

Il nous dit aussi, ce jour-là : « On n'a vraiment peur que de ce qu'on ne comprend point. »

Il était assis, ou plutôt affaissé dans un grand fauteuil, les bras pendants, les jambes allongées et molles, la tête toute blanche, noyé dans ce grand flot de barbe et de cheveux d'argent qui lui donnait l'aspect d'un Père éternel ou d'un Fleuve d'Ovide[3].

Il parlait lentement, avec une certaine paresse qui donnait du charme aux phrases et une certaine hésitation de la langue un peu lourde qui soulignait la justesse colorée des mots. Son œil pâle, grand ouvert, reflétait, comme un œil d'enfant, toutes les émotions de sa pensée.

Il nous raconta ceci :

Il chassait, étant jeune homme, dans une forêt de Russie. Il avait marché tout le jour et il arriva, vers la fin de l'après-midi, sur le bord d'une calme rivière.

Vocabulaire et nom propre

1. *Fortuites :* accidentelles.
2. *Nébuleux :* flou.
3. *Ovide :* écrivain romain du Ier siècle, auteur des *Métamorphoses*.

Elle coulait sous les arbres, dans les arbres, pleine d'herbes flottantes, profonde, froide et claire.

Un besoin impérieux saisit le chasseur de se jeter dans cette eau transparente. Il se dévêtit et s'élança dans le courant. C'était un très grand et très fort garçon, vigoureux et hardi nageur.

Il se laissait flotter doucement, l'âme tranquille, frôlé par les herbes et les racines, heureux de sentir contre sa chair le glissement léger des lianes.

Tout à coup une main se posa sur son épaule.

Il se retourna d'une secousse et il aperçut un être effroyable qui le regardait avidement.

Cela ressemblait à une femme ou à une guenon. Elle avait une figure énorme, plissée, grimaçante et qui riait. Deux choses innommables, deux mamelles sans doute, flottaient devant elle, et des cheveux démesurés, mêlés, roussis par le soleil, entouraient son visage et flottaient sur son dos.

Tourgueniev se sentit traversé par la peur hideuse, la peur glaciale des choses surnaturelles.

Sans réfléchir, sans songer, sans comprendre il se mit à nager éperdument vers la rive. Mais le monstre nageait plus vite encore et il lui touchait le cou, le dos, les jambes, avec de petits ricanements de joie. Le jeune homme, fou d'épouvante, toucha la berge, enfin, et s'élança de toute sa vitesse à travers le bois, sans même penser à retrouver ses habits et son fusil.

L'être effroyable le suivit, courant aussi vite que lui et grognant toujours.

Le fuyard, à bout de forces et perclus par la terreur, allait tomber, quand un enfant qui gardait des chèvres accourut, armé d'un fouet ; il se mit à frapper l'affreuse bête humaine, qui se sauva en poussant des cris de douleur. Et Tourgueniev la vit disparaître dans le feuillage, pareille à une femelle de gorille.

C'était une folle, qui vivait depuis plus de trente ans dans ce bois, de la charité des bergers, et qui passait la moitié de ses jours à nager dans la rivière.

Le grand écrivain russe ajouta : « Je n'ai jamais eu si peur de ma vie, parce que je n'ai pas compris ce que pouvait être ce monstre. »

Mon compagnon, à qui j'avais dit cette aventure, reprit :

– Oui, on n'a peur que de ce qu'on ne comprend pas. On n'éprouve vraiment l'affreuse convulsion de l'âme, qui s'appelle l'épouvante, que lorsque se mêle à la peur un peu de la terreur superstitieuse des siècles passés. Moi, j'ai ressenti cette épouvante dans toute son horreur, et cela pour une chose si simple, si bête, que j'ose à peine la dire.

Je voyageais en Bretagne, tout seul, à pied. J'avais parcouru le Finistère, les landes désolées, les terres nues où ne pousse que l'ajonc, à côté des grandes pierres sacrées, des pierres hantées. J'avais visité la veille, la sinistre pointe du Raz, ce bout du vieux monde, où se battent éternellement deux océans : l'Atlantique et la Manche ; j'avais l'esprit plein de légendes, d'histoires lues ou racontées sur cette terre des croyances et des superstitions.

Et j'allai de Penmarch à Pont-l'Abbé, de nuit. Connaissez-vous Penmarch ? Un rivage plat, tout plat, tout bas, plus bas que la mer, semble-t-il. On la voit partout, menaçante et grise, cette mer pleine d'écueils baveux comme des bêtes furieuses.

J'avais dîné dans un cabaret de pêcheurs, et je marchais maintenant sur la route droite, entre deux landes. Il faisait très noir.

De temps en temps, une pierre druidique, pareille à un fantôme debout, semblait me regarder passer, et peu à peu entrait en moi une appréhension vague ; de quoi ? Je n'en savais rien. Il est des soirs où l'on se croit frôlé par des esprits, où l'âme frissonne sans raison, où le cœur bat sous la crainte confuse de ce quelque chose d'invisible que je regrette, moi.

Elle me semblait longue, cette route, longue et vide interminablement.

Aucun bruit que le ronflement des flots, là-bas, derrière moi, et parfois ce bruit monotone et menaçant semblait tout près, si près, que je les croyais sur mes talons, courant par la plaine avec leur front d'écume, et que j'avais envie de me sauver, de fuir à toutes jambes devant eux.

Le vent, un vent bas soufflant par rafales, faisait siffler les ajoncs autour de moi. Et, bien que j'allasse très vite, j'avais froid dans les bras et dans les jambes : un vilain froid d'angoisse.

Oh ! comme j'aurais voulu rencontrer quelqu'un, parler à quelqu'un ! Il faisait si noir que je distinguais à peine la route, maintenant.

Et tout à coup j'entendis devant moi, très loin, un roulement. Je pensai : « Tiens, une voiture. » Puis je n'entendis plus rien.

Au bout d'une minute, je perçus distinctement le même bruit, plus proche.

Je ne voyais aucune lumière, cependant ; mais je me dis : « Ils n'ont pas de lanterne. Quoi d'étonnant dans ce pays de sauvage. »

Le bruit s'arrêta encore, puis reprit. Il était trop grêle pour que ce fût une charrette ; et je n'entendais point d'ailleurs le trot du cheval, ce qui m'étonnait, car la nuit était calme.

Je cherchais : « Qu'est-ce que cela ? » Il approchait toujours ; et brusquement une crainte confuse, stupide, incompréhensible me saisit. Qu'est-ce que cela ?

Il approchait vite, très vite ! Certes, je n'entendais rien qu'une roue – aucun battement de fers ou de pieds – rien. Qu'était-ce que cela ?

Il était tout près, tout près ; je me jetai dans un fossé par un mouvement de peur instinctive, et je vis passer contre moi une brouette, qui courait... toute seule, personne ne la poussant... Oui... une brouette... toute seule...

Mon cœur se mit à bondir si violemment que je m'affaissai sur l'herbe et j'écoutais le roulement de la roue qui s'éloignait, qui s'en allait vers la mer. Et je n'osais plus me lever, ni marcher, ni faire un mouvement ; car si elle était revenue, si elle m'avait poursuivi, je serais mort de terreur.

Je fus longtemps à me remettre, bien longtemps. Et je fis le reste du chemin avec une telle angoisse dans l'âme que le moindre bruit me coupait l'haleine.

Est-ce bête, dites ? Mais quelle peur ! En y réfléchissant, plus tard j'ai compris ; un enfant, nu-pieds, la menait sans doute cette brouette, et moi, j'ai cherché la tête d'un homme à la hauteur ordinaire ! Comprenez-vous cela... quand on a déjà dans l'esprit un frisson de surnaturel... une brouette qui court... toute seule !... Quelle peur !

Il se tut une seconde, puis reprit :

– Tenez, monsieur, nous assistons à un spectacle curieux et terrible : cette invasion du choléra !

Vous sentez le phénol dont ces wagons sont empoisonnés, c'est qu'Il est là quelque part.

Il faut voir Toulon en ce moment. Allez, on sent bien qu'il est là, Lui. Et ce n'est pas la peur d'une maladie qui affole ces gens. Le choléra c'est autre chose, c'est l'Invisible, c'est un fléau d'autrefois, des temps passés, une sorte d'Esprit malfaisant qui revient et qui nous étonne autant qu'il nous épouvante, car il appartient, semble-t-il, aux âges disparus.

Les médecins me font rire avec leur microbe. Ce n'est pas un insecte qui terrifie les hommes au point de les faire sauter par la fenêtre ; c'est le choléra, l'être inexprimable et terrible venu du fond de l'Orient.

Traversez Toulon, on danse dans les rues. Pourquoi danser en ces jours de mort ? On tire des feux d'artifices dans la campagne autour de la ville ; on allume des feux de joie ; des orchestres jouent des airs joyeux sur toutes les promenades publiques.

Pourquoi cette folie ? C'est qu'Il est là, c'est qu'on le brave, non pas le Microbe, mais le Choléra, et qu'on veut être crâne devant lui, comme auprès d'un ennemi caché qui vous guette. C'est pour lui qu'on danse, qu'on rit, qu'on crie, qu'on allume ces feux, qu'on joue ces valses, pour lui, l'Esprit qui tue, et qu'on sent partout présent, invisible, menaçant, comme un de ces anciens génies du mal que conjuraient les prêtres barbares…

Le Papa de Simon

LECTURE

Lecture d'ensemble

1. Dans quels lieux successifs se situent les actions de ce récit ?

2. Faites le portrait physique et moral de Simon.

3. Que sait-on du passé de la Blanchotte ? Les femmes et les hommes la jugent-ils de la même manière ?

Lecture linéaire

4. Lignes 1-5 : quelle est l'habitude des enfants ? Relevez un groupe de mots qui indiquent que cette habitude est changée ce jour-là.

5. Lignes 13-15 : pourquoi les enfants n'aiment-ils pas Simon ?

6. Montrez que leur comportement vis-à-vis de Simon est cruel.

7. P. 8-9, l. 13-46 : comment le narrateur fait-il comprendre que, pour les enfants, ne pas avoir de papa est une étrange anomalie ?

8. Lignes 47-51 : quelle est la réaction physique de Simon face à la méchanceté des enfants ?

9. Quelle décision Simon prend-il pour mettre fin à son malheur ? Montrez qu'il est facilement distrait de son intention.

10. Quelle rencontre fait-il ? En quoi change-t-elle sa vie ?

11. Par quels aspects peut-on dire que la forge au père Loizon est un endroit merveilleux ?

12. Lignes 317-318 : « c'était un papa, celui-là, dont tout le monde eût été fier ». Expliquez cette phrase.

Lecture d'images (couverture et tableau p. 66)

13. Décrivez précisément le tableau de la page 66, en insistant sur les attitudes et les expressions des enfants. Faites de même pour l'image de couverture.

14. Quel rapprochement pouvez-vous faire entre cette peinture, celle de la couverture, et la nouvelle de Maupassant ? Trouvez, dans le texte, une légende à ces deux images.

Marie Bashkirtseff, *La Réunion*, 1884.

Étude de la langue

Orthographe

15. P. 8, l. 13-15 : réécrivez ce passage en remplaçant « Simon » par « Simon et son frère » et en effectuant les modifications nécessaires.

Vocabulaire

16. P. 10-12, l. 53-101 : relevez les reprises nominales servant à désigner les « enfants » (l. 53). Quelles indications apportent-elles ?

HISTOIRE DES ARTS
Le réalisme en peinture au XIXe siècle

Au milieu du XIXe siècle, en **réaction à l'académisme** des scènes historiques et mythologiques qui proposent des représentations idéalisées, certains peintres, comme **Gustave Courbet**, vont chercher à donner une **vision ennoblie du quotidien**. Les peintres s'intéressent alors au **monde ouvrier ou paysan**, dans une démarche nettement politique ou sociale. En 1850, Courbet fait scandale avec une œuvre monumentale, ***Un enterrement à Ornans*** : on lui reproche la laideur de ses personnages et le prosaïsme de la scène peinte. Il veut seulement « être à même de traduire **les mœurs, les idées, l'aspect de [s]on époque** ». Parmi les réalistes de cette période, **Jean-François Millet** (*Les Glaneuses, L'Angélus*), **Jean-Baptiste Corot**, **Octave Tassaert** ou le caricaturiste **Honoré Daumier**.

Grammaire

17. P. 8, l. 13-15 : par quels moyens sont exprimées la cause et la conséquence dans ces phrases ?

18. P. 9, l. 41-46 : relevez les six adjectifs de ce passage et indiquez pour chacun sa fonction (attribut du sujet, épithète ou apposé).

PATRIMOINE

19. L. 306-307 : « le tenant au bout de ses bras d'hercule ». Qui est Hercule ? En quoi P. Remy peut-il lui être comparé ?

20. Recherchez les résumés du *Petit Chose* d'Alphonse Daudet, de *Poil de Carotte* de Jules Renard et de *L'Enfant* de Jules Vallès et montrez qu'il s'agit de récits sur l'enfance malheureuse.

EXPRESSION

Expression écrite

21. Le maître d'école, ayant assisté à la bagarre, convoque les enfants pour qu'ils s'expliquent. Imaginez le dialogue entre l'adulte et les enfants autour du thème du harcèlement.

Expression orale

22. P. 8-11, l. 1-82 : lisez à plusieurs voix cet extrait du « Papa de Simon ». Vous veillerez à bien respecter les intentions du narrateur et des personnages.

Méthode *Comment étudier une nouvelle réaliste*

Le réalisme cherche à donner une **représentation fidèle du monde réel**. L'écrivain réaliste utilise alors les **moyens de donner une illusion de la réalité**, notamment par l'emploi de **descriptions** ou de **« petits faits vrais »** (Stendhal) qui créent un **effet de réel**.

➜ Si le réalisme ne s'interdit d'aborder aucun sujet, il privilégie l'**évocation de personnages et de lieux oubliés ou négligés** par la littérature (mondes de la misère, de la prostitution, etc.).

➜ Derrière chaque œuvre réaliste, on peut chercher la **dénonciation d'une réalité sociale**.

Pierrot

LECTURE

Lecture d'ensemble

1. Quel est le principal trait de caractère de Mme Lefèvre ? Montrez que ce défaut est présent tout au long de la nouvelle.

2. Observez la construction narrative de cette nouvelle. Suit-elle la progression du schéma narratif (situation initiale, élément perturbateur, péripéties, élément de résolution, situation finale) ?

3. Pourquoi peut-on dire que « Pierrot » est une nouvelle réaliste ?

Lecture linéaire

4. Lignes 1-6 : relevez, dans le portrait de Mme Lefèvre, des indices de son caractère double, de sa duplicité.

5. Pourquoi Mme Lefèvre décide-t-elle d'adopter un chien ? Pierrot lui donne-t-il satisfaction ?

6. Qu'est-ce qui la décide à abandonner Pierrot ?

7. Montrez que la marnière est un endroit terrifiant.

8. Comment peut-on voir que Mme Lefèvre regrette son geste ? Quelles sont ses réactions ?

9. Pourquoi la négociation avec le puisatier n'aboutit-elle pas ?

10. Quelle solution Mme Lefèvre et Rose envisagent-elles alors ?

11. Quel élément nouveau met fin à l'histoire ? Commentez les réactions finales de Mme Lefèvre et de Rose.

Étude de chiens, Antonio Pisano dit Pisanello, 1414-1422.

Lecture d'image

12. Recherchez, dans le vocabulaire des arts plastiques, ce qu'est une « étude ». Commentez la technique et la composition de cette étude.

13. Pourquoi peut-on rapprocher cette « étude de chiens » de la nouvelle de Maupassant ?

Étude de la langue

Grammaire

14. P. 24-25, l. 72-114 : relevez les propositions subordonnées circonstancielles de temps.

15. P. 24-25, l. 72-114 : relevez deux propositions subordonnées relatives, deux propositions subordonnées conjonctives complétives et une proposition subordonnée circonstancielle de cause.

Orthographe

16. P. 25, l. 97-100 (de « Quand une bête » à « tout à coup ») : réécrivez ce passage en remplaçant « une bête » (l. 97) par « un animal » et « un nouvel animal » (l. 99) par « une nouvelle bête ».

17. P. 26, l. 121-124 : justifiez l'accord des adjectifs.

PATRIMOINE

18. Recherchez quelques informations sur ces avares célèbres de la littérature : Euclion, Harpagon, Ebenezer Scrooge, Félix Grandet, Gobseck.

19. Recherchez la nouvelle de Guy de Maupassant intitulée « Mademoiselle Cocotte » et comparez-la avec « Pierrot ».

EXPRESSION

Expression écrite

20. P. 22, l. 34-35 : « Dès que tout le monde fut parti, Mme Lefèvre discuta longtemps cette idée de chien. » Imaginez le dialogue entre Mme Lefèvre et Rose au cours duquel les deux femmes s'interrogent au sujet des avantages et des inconvénients de posséder un chien.

NOTIONS LITTÉRAIRES
Réalisme et paroles rapportées

Le réalisme se sert des **paroles des personnages** pour **accentuer l'effet de réel**. En transcrivant l'**intonation** ou la **manière de parler** de ses héros, le narrateur donne un accent de vérité à son texte. C'est donc principalement par le **discours direct** que l'impression de réalité sera la mieux rendue. Dans « Pierrot », les paroles du puisatier sont marquées par le patois local, mais aussi par des élisions, qui imitent sa façon de parler : « Vous croyez que **j'vas** apporter mes cordes [...] et **m'n** aller [...] et **m'faire** mordre encore par votre maudit **quin**, pour **l'plaisir** de vous **le r'donner** ? » (l. 158-161).

21. Imaginez le dialogue entre les deux femmes à la fin de la nouvelle, au moment où elles ont renoncé à sauver Pierrot.

Expression orale

22. Recherchez la fable de La Fontaine intitulée « L'avare qui a perdu son trésor » et lisez-la à voix haute de manière expressive.

23. Exprimez oralement votre avis sur cette nouvelle.

Méthode ***Comment écrire un dialogue***

Il existe plusieurs manières de **rapporter les paroles et les pensées** des personnages.
➜ Le **discours direct** : entre guillemets ou après un tiret ; respect du registre de langue du personnage ; utilisation des pronoms de la communication et de la ponctuation expressive ;
➜ Le **discours indirect** : disparition des guillemets et des tirets au profit d'une subordination intégrée à la narration ; emploi des temps et pronoms du récit.
Des **verbes de parole** ou de pensée servent à indiquer la **prise de parole** (*dire, répondre, répliquer*) ou une **intention du personnage** (*protester, balbutier*).
Il est également possible de **préciser le ton de la réplique** par l'ajout d'un **adjectif** ou d'un **adverbe accompagnant le verbe de parole**.

La Mère Sauvage

LECTURE

Lecture d'ensemble

1. Expliquez le titre de cette nouvelle.

2. À quelle époque se situe l'action de « La Mère Sauvage » ? Relevez des indices précis.

3. Que sait-on sur les Sauvage ?

4. Pourquoi la nouvelle est-elle divisée en deux chapitres ? À quel endroit du récit pourrait-on faire commencer le troisième ?

Lecture linéaire

5. P. 29-30 : expliquez le contraste entre la description de la campagne et la découverte de la maison en ruines.

6. p. 31, l. 50-59 : montrez que le portrait de la mère Sauvage constitue le portrait-type de la paysanne du XIXe siècle.

7. Que viennent faire les quatre Prussiens chez la mère Sauvage ? Comment se comportent-ils ? Pourraient-ils se comporter différemment ?

8. Quelle est la préoccupation quotidienne de la mère Sauvage ?

9. Qu'apprend-elle un jour par la lettre de Césaire Rivot ? Comment réagit-elle ? Quelle image devient pour elle obsédante ?

10. Quel crime la mère Sauvage commet-elle alors ?

11. Comment se termine la nouvelle ?

« L'Hyène de la Salpêtrière ou monomane de l'envie », portrait d'une vieille femme souffrant de maladie mentale, Théodore Géricault, 1822.

Lecture d'image

12. Décrivez la « hyène de la Salpêtrière » de Théodore Géricault (p. 71), en insistant sur les traits du visage.

13. Quel rapprochement peut-on établir entre ce portrait et la mère Sauvage ?

Étude de la langue

Grammaire

14. P. 36, l. 175-184 : à quels temps sont conjugués les verbes dans ce passage ? Pour chacun d'eux, poursuivez la conjugaison à toutes les personnes.

Vocabulaire

15. Recherchez l'étymologie et le sens du mot « Sauvage ». En quoi convient-il parfaitement au nom donné au personnage de la nouvelle ?

16. P. 39, l. 261, « l'héroïsme atroce » : expliquez cette alliance de mots.

HISTOIRE DES ARTS

La guerre de 1870 dans les nouvelles de Maupassant

Guy de Maupassant a vingt ans quand la France déclare la guerre à la Prusse. Il **s'engage volontairement dans ce conflit** sans jamais participer aux combats. Il vit cependant l'invasion prussienne et le siège de Paris, qui laisseront en lui des traces indélébiles. On compte **une vingtaine de récits de guerre** dans l'ensemble des nouvelles de Maupassant, écrits entre 1878 et 1888. Parmi ces textes, **« Boule de suif »**, paru en 1880 dans les ***Soirées de Médan***, un recueil de nouvelles écrites entre autres par **Zola** et **Huysmans**, dont le but est de **dénoncer cette guerre**. Le premier titre retenu est d'ailleurs *L'Invasion comique*. Comiques et tragiques sont ces contes de guerre. On peut y lire des **histoires de vengeances** (« Saint-Antoine », « Le Père Milon »), des **exécutions sommaires** (« L'Horrible », « Deux Amis », « La Folle »), des **récits de résistance** (« Mademoiselle Fifi ») **ou de reddition** (« L'Aventure de Walter Schnaffs »). *L'Angélus*, le dernier roman de Maupassant, inachevé, a lui aussi pour cadre spatio-temporel cette guerre franco-prussienne.

Stylistique

17. P. 29-30 : par quels procédés le narrateur valorise-t-il la campagne normande ?

PATRIMOINE

18. Établissez une chronologie présentant les principales dates de la guerre franco-prussienne de 1870-1871.

EXPRESSION

Expression écrite

19. Un journaliste de *La Gazette de Virelogne* écrit un article racontant ce fait divers tragique. Rédigez cet article.

20. La mère d'un des soldats allemands tués reçoit la nouvelle de la mort de son fils. Imaginez sa réaction, son émotion et ses pensées.

Expression orale

21. Présentez oralement votre recherche au sujet de la guerre de 1870-1871 (question 18).

Méthode ***Comment comprendre le rythme et la chronologie d'un récit***

→ Un récit peut suivre l'**ordre chronologique** ou bien utiliser les **retours en arrière** (ou analepses, flash-back) et les **anticipations** (ou prolepses), afin de créer des effets d'attente ou d'intégrer des passages explicatifs. « La Mère Sauvage » débute chronologiquement par la fin de l'histoire, la majeure partie du récit formant un retour en arrière dans lequel la tragédie est racontée en détails.

→ La **narration** peut également jouer des **effets de rythme** : l'**ellipse** (saut dans le temps souvent signalé par un complément circonstanciel de temps) ou le **sommaire** (résumé des actions) permettent d'accélérer le rythme du récit, tandis que les passages descriptifs, les commentaires (appelés des **« pauses »**) ou bien les parties dialoguées (les **« scènes »**) ralentissent le récit ou renforcent l'implication du lecteur.

Magnétisme

LECTURE

Lecture d'ensemble

1. En vous appuyant sur le texte, expliquez le titre de la nouvelle.

2. Comparez la construction de la narration de « Magnétisme » avec celle de « La Mère Sauvage ». Quel point commun voyez-vous ?

3. Résumez les deux anecdotes racontées dans cette nouvelle.

Lecture linéaire

4. Au début de l'histoire, montrez que deux camps s'affrontent : ceux qui croient et celui qui ne croit pas. Appuyez-vous sur le vocabulaire employé.

5. Pourquoi, au cours de la première anecdote, les gens crient-ils au miracle (l. 51) ? Comment, cependant, le narrateur montre-t-il (l. 51-55) qu'il est douteux que l'enfant ait prédit la mort de son père ?

6. P. 42-43, l. 58-79 : quelle explication est donnée par le narrateur de l'anecdote ?

7. Montrez que le narrateur est un être guidé par sa raison.

8. Comment naît l'attirance du narrateur pour la jeune femme ? Pourquoi peut-il croire qu'il s'agit d'un effet du magnétisme ?

9. Quelle explication donne-t-il pour cette seconde anecdote ? Quelle indication du début du texte permet également d'expliquer ce mystérieux coup de foudre ?

Lecture d'image

10. Qu'est-ce qu'une gravure ? Dans quelles conditions celle-ci a-t-elle été publiée ?

11. Décrivez la position du personnage. Expliquez le rapport de cette image avec le texte de Maupassant.

Un sujet en hypnose se tient couché sur deux chaises. Un médecin irlandais connu sous le nom de Docteur Stanley utilise les méthodes du neurologue français Jean Martin Charcot (1825-1893), gravure tirée de *The Illustrated London News*, 1891.

Étude de la langue

Grammaire

12. P. 41-42, l. 29-57 : comment le « vigoureux garçon » (l. 13), narrateur des deux histoires, est-il désigné dans ce passage ? Relevez les différentes reprises que vous commenterez.

13. P. 45-46, l. 142-147 : relevez les verbes au passé simple puis conjuguez-les à toutes les personnes. Vous conjuguerez ensuite au même temps les verbes « sembler », « savoir », « dire » et « faire ».

Vocabulaire

14. « Interminables » (l. 1-2), « incessants » (l. 2), « indifférents » (l. 7), « incroyables » (l. 8) : expliquez la formation de ces quatre adjectifs puis recherchez dans la suite du texte (p. 40-41) d'autres mots formés de la même manière.

PATRIMOINE

15. Qui est Edgar Poe, évoqué à la ligne 21 ? Recherchez le nom de quelques-unes de ses œuvres majeures et les principales étapes de sa biographie.

16. Lisez le récit de Fontenelle connu sous le nom de « La Dent d'or » (*Genres et formes de l'argumentation*, Classiques & Patrimoine n° 66) et montrez les ressemblances avec la nouvelle de Maupassant.

HISTOIRE DES ARTS
Le fantastique dans l'œuvre de Maupassant

Guy de Maupassant a publié près d'**une cinquantaine de récits fantastiques**. Le premier date de 1875, **« La Main d'écorché »**. La majeure partie de ces contes est écrite entre 1882 et 1887, c'est-à-dire au moment des premiers troubles nerveux de l'écrivain, mais avant les hallucinations qui se manifestent en 1888. Du reste, seuls quatre récits fantastiques seront écrits par Maupassant à partir de cette période-là et jusqu'en 1890, au moment où il cesse d'écrire. Les **principaux thèmes** qu'il explore sont **l'invisible** et **la folie** (« Un fou ? », « Apparition »), **la mort** (« Le Tic », « La Tombe »), **le dédoublement** et **les hallucinations** (« Lettre d'un fou », « Le Horla »), **les objets animés** (« Qui sait ? ») ou encore **le magnétisme** et **l'hypnose**.

EXPRESSION

Expression écrite

17. « Alors chacun apporta un fait » (p. 41, l. 36). Imaginez l'un de ces récits raconté par un des convives. L'homme racontera un fait surnaturel et inexpliqué.

18. « Le surnaturel baisse comme un lac qu'un canal épuise ; la science, de jour en jour, recule les limites du merveilleux. » Commentez cette phrase de Guy de Maupassant (« La Peur », p. 55, l. 48-50).

Expression orale

19. En vous appuyant sur les encadrés « Notions littéraires » (p. 79 et 82), expliquez oralement ce qu'est le fantastique.

***Méthode* Comment étudier une nouvelle fantastique**

Pour étudier un **récit fantastique**, il est important d'être attentif :
→ au **cadre vraisemblable**, réaliste, quotidien dont certains éléments peuvent annoncer ou prévoir l'apparition du surnaturel ;
→ à la **perception**, à l'**état de santé psychologique** et au **jugement du narrateur**, qui mène souvent un récit subjectif, à la première personne ;
→ à l'apparition et aux manifestations du **surnaturel** ;
→ à l'expression de la **peur** et de l'**angoisse** ;
→ à la **conclusion du récit**, qui permet une élucidation ou un renforcement du doute.

La Morte

LECTURE

Lecture d'ensemble

1. De quelle manière le fantastique apparaît-il dans cette nouvelle ?

2. Comment pourrait-on expliquer rationnellement l'aventure qui est arrivée au narrateur ?

Lecture linéaire

3. En vous appuyant sur le vocabulaire et sur le style, montrez que l'amour ressenti par le narrateur est très fort.

4. Lignes 15-39 : de quelle manière le narrateur fait-il comprendre qu'il se trouve dans un état de très grande confusion ?

5. Pourquoi le narrateur, de retour à Paris, ne peut-il plus rester dans sa maison ?

6. Pourquoi se dirige-t-il vers le cimetière ?

7. P. 51 : pourquoi le narrateur a-t-il peur ? Par quels moyens cette peur est-elle évoquée ?

8. Que font les morts une fois sortis de leur tombeau ?

9. Pourquoi le narrateur s'évanouit-il ? Qu'a-t-il compris ?

Lecture d'image

10. Décrivez cette image et expliquez le motif artistique de la danse macabre.

11. Pourquoi, selon vous, cette image pourrait illustrer la nouvelle « La Morte » de Maupassant ?

Scène de danse macabre, avec squelettes (le triomphe de la mort), dans *Chroniques de Nuremberg*, Hartmann Schedel, 1493.

Étude de la langue

Grammaire

12. Dans le premier paragraphe (l. 1-7), relevez deux adverbes de manière, expliquez leur construction, puis trouvez deux autres exemples (l. 101-144).

13. P. 47, l. 4-7 : encadrez par des crochets les différentes propositions subordonnées relatives, entourez le pronom relatif qui les introduit et dites quel nom elles complètent.

14. P. 47, l. 8-9 : réécrivez ces deux lignes en remplaçant les pronoms personnels « en » et « l' » par un groupe nominal équivalent. Faites la même chose avec les pronoms « les », « lui », « lui » et « me » (l. 21-23).

Stylistique

15. « Comme l'eau d'une source » (l. 5), « ainsi qu'une prière » (l. 7) : à quelle figure de style correspondent ces deux expressions ? Trouvez-en deux autres dans la suite de la nouvelle.

16. Quelles figures de style peut-on identifier l. 62-63, l. 80-81 et l. 156-157 ?

PATRIMOINE

17. Recherchez et lisez les trois poèmes de Victor Hugo suivants : « Dans le cimetière de *** », « La tombe dit à la rose » et « Demain, dès l'aube ». Comment aborde-t-il le thème de la mort ?

EXPRESSION

Expression écrite

18. À son réveil, le narrateur doit expliquer sa présence dans le cimetière. Il raconte sa nuit passée, ce qu'il a vu et ce qu'il a ressenti.

19. Le narrateur retourne en plein jour dans le cimetière et constate que les inscriptions qu'il a lues la nuit précédente ont disparu. Exprimez son étonnement, ses pensées et son raisonnement.

NOTIONS LITTÉRAIRES
Les thèmes du fantastique

Parmi les **thèmes du fantastique**, on trouve la **mort personnifiée**, le **fantôme**, le **mort-vivant** et la **maison hantée**. Les motifs du **double** et de la **métamorphose** sont également très présents dans ces nouvelles. Le **diable**, les **vampires** et les **loups-garous** sont des personnages typiques du genre (mais pas les ogres, les gnomes, les sorcières et les dragons qui appartiennent au merveilleux). On trouve aussi fréquemment les thématiques des **objets** ou des **parties du corps animés** ou encore celles liées à l'**hypnose** et à la suggestion.

Expression orale

20. Préparez la lecture à voix haute du poème de Victor Hugo « Dans le cimetière de *** ».

21. Apprenez par cœur l'une des strophes de ce poème de Victor Hugo.

Méthode *Comment identifier les propositions*

➜ Une **proposition** est un **ensemble de mots regroupés autour d'un verbe le plus souvent conjugué**. Il existe différentes propositions :
– la **proposition indépendante**, qui peut former une **phrase simple** (ex. : « Hier, je suis rentré à Paris. », l. 41) ou bien une **phrase complexe** (ex. : « Elle aima**,** fut aimée, **et** mourut. », l. 72) ;
– la **proposition principale** qui forme une phrase complexe avec la **proposition subordonnée**, introduite par un mot subordonnant (ex. : « Je pris mon chapeau, **afin de** me sauver. », l. 49-50).
➜ On distingue principalement **quatre propositions subordonnées** :
– la **proposition subordonnée relative** (ex. : « Et je m'arrêtai net en face de ce miroir **qui** l'avait si souvent reflétée », l. 55-56) ;
– la **proposition subordonnée conjonctive complétive** (ex. : « Il me sembla **que** j'aimais cette glace », l. 61) ;
– la **proposition subordonnée conjonctive circonstancielle** (ex. : « **Quand** je revis ma chambre, [...] je fus saisi par un retour de chagrin », l. 42-44) ;
– la **proposition subordonnée interrogative indirecte** (ex. : Je me demande **si** elle reviendra).

La Peur

LECTURE

Lecture d'ensemble

1. Par quel pronom est désigné le narrateur ? En observant d'autres indices dans la nouvelle, identifiez-le.

2. Résumez les diverses apparitions du fantastique relatées par les deux personnages.

3. Pour chacune d'entre elles, expliquez qu'elles n'ont rien de surnaturel.

4. Quelle phrase, répétée dans le texte, résume l'idée principale de cette nouvelle ?

Lecture linéaire

5. Au début de la nouvelle, quel cadre spatio-temporel renforce l'impression d'étrangeté de ce que les deux hommes découvrent par la fenêtre du train ?

6. P. 55-57, l. 40-79 : expliquez pourquoi le vieil homme a le sentiment d'être face à une « sensation disparue » (l. 41).

7. P. 59-60 : par quels moyens le narrateur fait-il ressentir la peur du personnage ?

8. P. 60-62, l. 174-237 : pourquoi, une fois encore, le cadre spatio-temporel joue-t-il un rôle important dans l'apparition de la peur ? Quels autres éléments y participent également ?

Émile Signol, *Folie de la fiancée de Lammermoor*, 1850.

9. P. 62-63 : comment se manifeste physiquement la peur pour le personnage ?

Lecture d'image

10. Décrivez le décor et l'attitude du personnage.

Étude de la langue

Grammaire

11. P. 55, l. 39-41 : transposez ces paroles rapportées au discours indirect.

Stylistique

12. P. 61, l. 198-202 : quelle figure de style reconnaissez-vous ? Expliquez-la.

13. P. 62-63 : comment la ponctuation expressive et les types de phrases permettent-ils d'accentuer l'impression de peur dans le récit ?

Vocabulaire

14. P. 54-55 : « fantastique » (l. 10), « étrange » (l. 20), « singulière » (l. 25) : cherchez l'étymologie de ces trois mots et expliquez-les.

15. Dans l'ensemble de la nouvelle, relevez des synonymes du mot « pour ».

Orthographe

16 P. 63, l. 247-258 : justifiez la présence des majuscules dans ce passage.

PATRIMOINE

17. Recherchez une image représentant Ivan Tourgueniev et comparez-la au portrait que Maupassant fait de son ami écrivain (p. 58, l. 113-117). Vous expliquerez les allusions au « Père éternel » et au « Fleuve d'Ovide » (l. 116-117).

18. Recherchez et lisez la nouvelle de Maupassant intitulée « La Peur », parue en 1882 dans les *Contes de la bécasse*. Comment la peur se manifeste-t-elle dans ce texte ?

NOTIONS LITTÉRAIRES
Définitions du fantastique

Comprendre le **fantastique**, c'est aussi savoir ce qu'il n'est pas. Et il n'est **ni science-fiction, ni merveilleux.** Le fantastique est une transgression du réel par un élément surnaturel, donc inexplicable scientifiquement. Au contraire, **la science-fiction prolonge le réel**, le déplaçant dans un temps souvent lointain. Le bouleversement de la réalité du lecteur s'opère par une anticipation des progrès techniques et scientifiques et **l'explication reste du domaine de la raison.**
Dans le registre fantastique, le réel et le surnaturel se trouvent confrontés alors que **le merveilleux** plonge d'emblée, et en toute connaissance de cause, le lecteur dans un **monde dont les codes irréels sont acceptés.**

EXPRESSION

Expression écrite

19. « Que faisaient-ils donc ? Nous ne pûmes rien imaginer de vraisemblable » (l. 30-31) : imaginez l'histoire des deux rôdeurs.

20. Inventez une histoire effrayante et fantastique à partir du tableau d'Émile Signol (p. 80).

Méthode *Comment écrire la peur dans un récit*

→ **Écrire la peur**, c'est être capable d'**utiliser les ressources du langage et de la sensibilité** pour **décrire une émotion**. Dire sa propre peur ou celle d'un personnage nécessite d'utiliser un **vocabulaire spécifique**, varié et précis :
– **champ lexical et synonymes de la peur :** *terreur, crainte, angoisse, frayeur, affolement, inquiétude, épouvante*, etc. ;
– **expressions imagées :** *être glacé de peur, avoir froid dans le dos*, etc.
La peur repose aussi sur l'expression des **réactions physiques** : *le cœur qui bat, la chair de poule, le sang qui se glace, le corps qui se fige, les tremblements, le souffle coupé, la gorge nouée, le visage livide*, etc.
→ De même, il est nécessaire de **préparer le cadre** dans lequel la peur se développera, au moyen de la **mise en place d'un décor et d'une ambiance effrayants** (*la forêt, la maison hantée, le cimetière, les décors nocturnes*...).

TEXTES ET IMAGE DANS LE CONTEXTE

1. Préface

GUY DE MAUPASSANT (1850-1893), « Le Roman », *Pierre et Jean*, 1888.

Le réaliste, s'il est un artiste, cherchera, non pas à nous montrer la photographie banale de la vie, mais à nous en donner la vision plus complète, plus saisissante, plus probante que la réalité même.

Raconter tout serait impossible, car il faudrait alors un volume au moins par journée, pour énumérer les multitudes d'incidents insignifiants qui emplissent notre existence.

Un choix s'impose donc – ce qui est une première atteinte à la théorie de toute la vérité.

La vie, en outre, est composée des choses les plus différentes, les plus imprévues, les plus contraires, les plus disparates ; elle est brutale, sans suite, sans chaîne, pleine de catastrophes inexplicables, illogiques et contradictoires qui doivent être classées au chapitre *faits divers*.

Voilà pourquoi l'artiste, ayant choisi son thème, ne prendra dans cette vie encombrée de hasards et de futilités que les détails caractéristiques utiles à son sujet, et il rejettera tout le reste, tout l'à-côté.

Un exemple entre mille :

Le nombre des gens qui meurent chaque jour par accident est considérable sur la terre. Mais pouvons-nous faire tomber une tuile sur la tête d'un personnage principal, ou le jeter sous les roues d'une voiture, au milieu d'un récit, sous prétexte qu'il faut faire la part de l'accident ?

La vie encore laisse tout au même plan, précipite les faits ou les traîne indéfiniment. L'art, au contraire, consiste à user de précautions et de préparations, à ménager des transitions savantes et dissimulées, à mettre en pleine lumière, par la seule adresse de la composition, les événements essentiels et à donner à tous les autres le degré de relief qui leur convient, suivant leur importance, pour produire la sensation profonde de la vérité spéciale qu'on veut montrer.

Faire vrai consiste donc à donner l'illusion complète du vrai, suivant la logique ordinaire des faits, et non à les transcrire servilement dans le pêle-mêle de leur succession.

J'en conclus que les Réalistes de talent devraient s'appeler plutôt des Illusionnistes.

Quel enfantillage, d'ailleurs, de croire à la réalité puisque nous portons chacun la nôtre dans notre pensée et dans nos organes. Nos yeux, nos oreilles, notre odorat, notre goût différents créent autant de vérités qu'il y a d'hommes sur la terre. Et nos esprits qui reçoivent les instructions de ces organes, diversement impressionnés, comprennent, analysent et jugent comme si chacun de nous appartenait à une autre race.

Chacun de nous se fait donc simplement une illusion du monde, illusion poétique, sentimentale, joyeuse, mélancolique, sale ou lugubre suivant sa nature. Et l'écrivain n'a d'autre mission que de reproduire fidèlement cette illusion avec tous les procédés d'art qu'il a appris et dont il peut disposer.

Illusion du beau qui est une convention humaine ! Illusion du laid qui est une opinion changeante ! Illusion du vrai jamais immuable ! Illusion de l'ignoble qui attire tant d'êtres ! Les grands artistes sont ceux qui imposent à l'humanité leur illusion particulière.

QUESTIONS

1. **À quel genre appartient ce texte ? Quel est son rôle ?**
2. **Dans la première phrase du texte, relevez ce qui pourrait constituer une définition du réalisme.**
3. **Quel est le travail de l'écrivain ou de l'artiste réaliste ?**

2. Nouvelle

ÉMILE ZOLA (1840-1902),
« Le chômage », *Nouveaux contes à Ninon*, 1893.

Le matin, quand les ouvriers arrivent à l'atelier, ils le trouvent froid, comme noir d'une tristesse de ruine. Au fond de la grande salle, la machine est muette, avec ses bras maigres, ses roues immobiles ; et elle met là une mélancolie de plus, elle dont le souffle et le branle animent toute la maison, d'ordinaire, du battement d'un cœur de géant, rude à la besogne.
Le patron descend de son petit cabinet. Il dit d'un air triste aux ouvriers :
– Mes enfants, il n'y a pas de travail aujourd'hui... Les commandes n'arrivent plus ; de tous les côtés, je reçois des contre-ordres, je vais rester avec de la marchandise sur les bras. Ce mois de décembre, sur lequel je comptais, ce mois de gros travail, les autres années, menace de ruiner les maisons les plus solides... Il faut tout suspendre.
Et comme il voit les ouvriers se regarder entre eux avec la peur du retour au logis, la peur de la faim du lendemain, il ajoute d'un ton plus bas :
– Je ne suis pas égoïste, non, je vous le jure... Ma situation est aussi terrible, plus terrible peut-être que la vôtre. En huit jours, j'ai perdu cinquante mille francs. J'arrête le travail aujourd'hui, pour ne pas creuser le gouffre davantage ; et je n'ai pas le premier sou de mes échéances du 15... Vous voyez, je vous parle en ami, je ne vous cache rien. Demain, peut-être, les huissiers seront ici. Ce n'est pas notre faute, n'est-ce pas ? Nous avons lutté jusqu'au bout. J'aurais voulu vous aider à passer ce mauvais moment ; mais c'est fini, je suis à terre ; je n'ai plus de pain à partager.
Alors, il leur tend la main. Les ouvriers la lui serrent silencieusement. Et, pendant quelques minutes, ils restent là,

à regarder leurs outils inutiles, les poings serrés. Les autres matins, dès le jour, les limes chantaient, les marteaux marquaient le rythme ; et tout cela semble déjà dormir dans la poussière de la faillite. C'est vingt, c'est trente familles qui ne mangeront pas la semaine suivante. Quelques femmes qui travaillaient dans la fabrique ont des larmes au bord des yeux. Les hommes veulent paraître plus fermes. Ils font les braves, ils disent qu'on ne meurt pas de faim dans Paris.

Puis, quand le patron les quitte, et qu'ils le voient s'en aller, voûté en huit jours, écrasé peut-être par un désastre plus grand encore qu'il ne l'avoue, ils se retirent un à un, étouffant dans la salle, la gorge serrée, le froid au cœur, comme s'ils sortaient de la chambre d'un mort. Le mort, c'est le travail, c'est la grande machine muette, dont le squelette est sinistre dans l'ombre.

QUESTIONS

1. **Quel est le thème traité par ce début de nouvelle ? En quoi fait-il partie des sujets d'une œuvre réaliste ?**
2. **Quelles sont les réactions des ouvriers ?**
3. **Quelles personnifications donnent une dimension étrange au texte ?**

3. Essai

TZVETAN TODOROV (1939-2017),
***Introduction à la littérature fantastique,* chapitre II :**
« Définition du fantastique », © éditions du Seuil, 1970.

Dans un monde qui est bien le nôtre, celui que nous connaissons, sans diables, sylphides, ni vampires, se produit un événement qui ne peut s'expliquer par les lois de ce même monde familier. Celui qui perçoit l'événement doit opter pour l'une des deux solutions possibles : ou bien il s'agit d'une illusion des sens, d'un produit de l'imagination et les lois du monde restent alors ce qu'elles sont ; ou bien l'événement a véritablement eu lieu, il est partie intégrante de la réalité, mais alors cette réalité est régie par des lois inconnues de nous. Ou bien le diable est une illusion, un être imaginaire ; ou bien il existe réellement, tout comme les autres êtres vivants : avec cette réserve qu'on le rencontre rarement. Le fantastique occupe le temps de cette incertitude ; dès qu'on choisit l'une ou l'autre réponse, on quitte le fantastique pour entrer dans un genre voisin, l'étrange ou le merveilleux. Le fantastique, c'est l'hésitation éprouvée par un être qui ne connaît que les lois naturelles, face à un événement en apparence surnaturel. […] L'hésitation du lecteur est donc la première condition du fantastique.

QUESTIONS

1. **Qu'est-ce qu'un essai ?**
2. **Pourquoi Todorov fait-il une distinction entre le fantastique et le merveilleux ?**
3. **Quelle est, selon Todorov, la définition du fantastique ?**

4. Nouvelle

PROSPER MÉRIMÉE (1803-1870),
« La Vénus d'Ille », 1837.

Le narrateur, un antiquaire, est en visite à Ille chez M. de Peyrehorade qui a fait la découverte d'une magnifique statue de Vénus sur le socle de laquelle est écrit en latin cet avertissement : « Cave Amantem » *(« Prends garde à toi si elle t'aime »). Le jour de son mariage, au cours d'une partie de jeu de paume, Alphonse, le fils de M. de Peyrehorade, gêné par l'alliance qu'il a apportée pour sa future femme, la retire de son doigt et la glisse à l'annulaire de la statue...*

Nous étions à Puygarrig, et le cortège allait se mettre en marche pour la mairie, lorsque M. Alphonse, se frappant le front, me dit tout bas :
– Quelle brioche ! J'ai oublié la bague ! Elle est au doigt de la Vénus, que le diable puisse emporter ! Ne le dites pas à ma mère au moins. Peut-être qu'elle ne s'apercevra de rien.
– Vous pourriez envoyer quelqu'un, lui dis-je.
– Bah ! mon domestique est resté à Ille. Ceux-ci, je ne m'y fie guère. Douze cents francs de diamants ! cela pourrait en tenter plus d'un. D'ailleurs que penserait-on ici de ma distraction ? Ils se moqueraient trop de moi. Ils m'appelleraient le mari de la statue... Pourvu qu'on ne me la vole pas ! Heureusement que l'idole fait peur à mes coquins. Ils n'osent l'approcher à longueur de bras. Bah ! ce n'est rien ; j'ai une autre bague.
Les deux cérémonies civile et religieuse s'accomplirent avec la pompe convenable ; et mademoiselle de Puygarrig reçut l'anneau d'une modiste de Paris, sans se douter que son fiancé lui faisait le sacrifice d'un gage amoureux. Puis on se mit à table, où l'on but, mangea, chanta même, le tout fort longuement. [...]

À Ille, le souper nous attendait, et quel souper ! Si la grosse joie du matin m'avait choqué, je le fus bien davantage des équivoques et des plaisanteries dont le marié et la mariée surtout furent l'objet. Le marié, qui avait disparu un instant avant de se mettre à table, était pâle et d'un sérieux de glace. Il buvait à chaque instant du vieux vin de Collioure presque aussi fort que de l'eau-de-vie. J'étais à côté de lui, et me crus obligé de l'avertir :

– Prenez garde ! on dit que le vin...

Je ne sais quelle sottise je lui dis pour me mettre à l'unisson des convives.

Il me poussa le genou, et très bas il me dit :

– Quand on se lèvera de table... que je puisse vous dire deux mots.

Son ton solennel me surprit. Je le regardai plus attentivement, et je remarquai l'étrange altération de ses traits.

– Vous sentez-vous indisposé ? lui demandai-je.

– Non.

Et il se remit à boire. [...]

M. Alphonse me tira dans l'embrasure d'une fenêtre, et me dit en détournant les yeux :

– Vous allez vous moquer de moi... Mais je ne sais ce que j'ai... je suis ensorcelé ! le diable m'emporte !

La première pensée qui me vint fut qu'il se croyait menacé de quelque malheur du genre de ceux dont parlent Montaigne et madame de Sévigné :

« Tout l'empire amoureux est plein d'histoires tragiques, » etc.

Je croyais que ces sortes d'accidents n'arrivaient qu'aux gens d'esprit, me dis-je à moi-même.

– Vous avez trop bu de vin de Collioure, mon cher monsieur Alphonse, lui dis-je. Je vous avais prévenu.

– Oui, peut-être. Mais c'est quelque chose de bien plus terrible.

Il avait la voix entrecoupée. Je le crus tout à fait ivre.
– Vous savez bien, mon anneau ? poursuivit-il après un silence.
– Eh bien ! on l'a pris ?
– Non.
– En ce cas, vous l'avez ?
– Non... je... je ne puis l'ôter du doigt de cette diable de Vénus.
– Bon ! vous n'avez pas tiré assez fort.
– Si fait... Mais la Vénus... elle a serré le doigt.
Il me regardait fixement d'un air hagard, s'appuyant à l'espagnolette pour ne pas tomber.
– Quel conte ! lui dis-je. Vous avez trop enfoncé l'anneau. Demain vous l'aurez avec des tenailles. Mais prenez garde de gâter la statue.
– Non, vous dis-je. Le doigt de la Vénus est retiré, reployé ; elle serre la main, m'entendez-vous ?... C'est ma femme, apparemment, puisque je lui ai donné mon anneau... Elle ne veut plus le rendre.
J'éprouvai un frisson subit, et j'eus un instant la chair de poule. Puis, un grand soupir qu'il fit m'envoya une bouffée de vin, et toute émotion disparut.
Le misérable, pensai-je, est complètement ivre.

QUESTIONS

1. **Pourquoi le marié, au moment du souper, est-il « pâle et d'un sérieux de glace » ?**
2. **Quel événement surnaturel est raconté dans ce texte ?**
3. **Quelles explications rationnelles le narrateur s'efforce-t-il de trouver ?**

5. Tableau

GUSTAVE COURBET (1819-1877),
Le Désespéré, 1844-1845.

QUESTIONS

1. Décrivez l'expression et la posture du personnage représenté sur cette image.
2. Cette peinture appartient-elle selon vous au mouvement réaliste ? Observez les traits et la composition du tableau.
3. Montrez que cette image pourrait aussi bien illustrer une histoire réaliste qu'une histoire fantastique.

LEXIQUE

A

Auteur : créateur de l'œuvre. À distinguer, dans un récit, du narrateur.

Autobiographie : récit énoncé en « je », où l'auteur raconte, rétrospectivement ou non, sa propre vie.

C

Caractérisation : définition des propriétés de l'« objet » d'une description (choses, animaux, paysages) ou du « sujet » d'un portrait (individus).

Champ lexical : ensemble de mots se rapportant à un même thème.

Chute : fin particulièrement frappante d'un récit.

Connotation : sens secondaires ajoutés au sens premier d'un mot (voir *dénotation*).

Conte : court récit qui raconte des évènements imaginaires.

D

Dénotation : sens littéral d'un mot ; celui qui est donné dans le dictionnaire (voir *connotation*).

Dialogue : conversation, dans un récit, entre deux ou plusieurs personnages.

Discours rapporté : paroles ou pensées des personnages rapportées par le narrateur.

E

Ellipse : rupture, saut dans le temps de l'histoire.

Énonciation (marques d') : dans l'énoncé, marques (pronoms personnels, déterminants possessifs, temps verbaux...) de l'énonciateur qui s'adresse à un destinataire.

Excipit : dernières phrases d'un récit.

F

Fantastique (récit) : récit qui raconte une histoire apparemment réaliste, mais dans laquelle interviennent des éléments surnaturels. Suscite chez le lecteur un sentiment de doute par rapport à la véracité ou à la vraisemblance de l'histoire.

Fiction : histoire imaginaire. S'oppose à une histoire « vraie », « réelle ».

Focalisation externe : point de vue du narrateur qui rapporte objectivement ce qu'il « voit », au fur et à mesure que se déroulent les évènements de l'histoire.

Focalisation interne : point de vue du narrateur ou d'un personnage qui raconte, à la première personne, et subjectivement, l'histoire à laquelle il assiste ou participe.

Focalisation omnisciente : point de vue du narrateur qui « sait tout et voit tout ». Il connaît le début et la fin de l'histoire au moment où il raconte, il connaît les pensées intimes des personnages, etc.

H

Héros : sujet ou personnage principal qui, par ses actions, est le « moteur » de l'intrigue.

I

Incipit : premières phrases ou ouverture du récit permettant au lecteur de construire des horizons d'attente et des hypothèses de lecture sur la suite de l'histoire.

Intrigue : enchaînement des faits et des actions qui forment la trame d'un récit.

M

Merveilleux (conte) : récit qui raconte une histoire avec des personnages stéréotypés, à une époque et dans des lieux irréels et conventionnels. L'intrigue est souvent construite autour d'une quête, et la fin en est heureuse.

Métaphore : image poétique fondée sur des ressemblances entre un comparé et un comparant.

Monologue intérieur : discours rapporté d'un personnage qui, dans un récit, se parle à lui-même.

N

Narrateur : « voix » qui raconte l'histoire. Il peut être un témoin ou un personnage qui s'exprime en « je ». Il peut également être une voix « effacée ». L'histoire est alors racontée à la troisième personne.

Nouvelle : court récit de fiction.

R

Réalisme : registre narratif d'une histoire qui crée une « illusion » de réel, qui paraît vraisemblable, mais qui n'est pas vraie.

S

Schéma actantiel : représentation des rapports « de force » entre les personnages, qui peuvent assurer un rôle de sujet (ou héros), d'allié, d'opposant...

Schéma narratif : structure de l'histoire. Ce schéma est souvent décomposé en cinq parties : état initial, complication, actions et péripéties, résolution, état final.

V

Vraisemblable : possible, crédible. À différencier du « vrai ».

Classiques & Patrimoine

Dans la même collection, pour le collège :

6e

LE MONSTRE, AUX LIMITES DE L'HUMAIN
Contes des Mille et Une Nuits
Andersen, *Contes*
Andersen, *La Petite Sirène*
Lewis Carroll, *Alice au pays des merveilles*
Charles Dickens, *Conte de Noël*
Jacob et Wilhelm Grimm, *Contes*
Homère, *L'Odyssée*
Mme Leprince de Beaumont, *La Belle et la Bête et autres contes*
Charles Perrault, *Contes*

RÉCITS D'AVENTURE
Robert Louis Stevenson, *L'Île au trésor*
Jules Verne, *Le Tour du monde en 80 jours*

RÉSISTER AU PLUS FORT : RUSES, MENSONGES ET MASQUES
Fabliaux du Moyen Âge
Le Roman de Renart
Jean de La Fontaine, *Fables*
Molière, *Le Médecin volant*

5e

SE CHERCHER, SE CONSTRUIRE – LE VOYAGE ET L'AVENTURE : POURQUOI ALLER VERS L'INCONNU ?
Robert Louis Stevenson, *L'Île au trésor*
Jules Verne, *Le Tour du monde en 80 jours*

VIVRE EN SOCIÉTÉ, PARTICIPER À LA SOCIÉTÉ – AVEC AUTRUI : FAMILLES, AMIS, RÉSEAUX
Guy de Maupassant, *Le Papa de Simon et 5 nouvelles réalistes et fantastiques*
Molière, *Le Bourgeois gentilhomme*
Molière, *Les Fourberies de Scapin*
Molière, *Le Malade imaginaire*
Molière, *Le Médecin malgré lui*
Molière, *Monsieur de Pourceaugnac*

REGARDER LE MONDE, INVENTER DES MONDES – IMAGINER DES UNIVERS NOUVEAUX
Andersen, *Contes*
Andersen, *La Petite Sirène*
Lewis Carroll, *Alice au pays des merveilles*
Charles Dickens, *Conte de Noël*
Jacob et Wilhelm Grimm, *Contes*
Mme Leprince de Beaumont, *La Belle et la Bête et autres contes*
Charles Perrault, *Contes*

AGIR SUR LE MONDE – HÉROS, HÉROÏNES ET HÉROÏSMES
La Chanson de Roland
Fabliaux du Moyen Âge
Le Roman de Renart
Tristan et Iseut
Chrétien de Troyes, *Lancelot ou le Chevalier de la charrette*
Chrétien de Troyes, *Perceval ou le conte du Graal*
Chrétien de Troyes, *Yvain ou le Chevalier au lion*

4e

SE CHERCHER, SE CONSTRUIRE – DIRE L'AMOUR
Prosper Mérimée, *Carmen*
Alfred de Musset, *Les Caprices de Marianne*
Alfred de Musset, *On ne badine pas avec l'amour*
Edmond Rostand, *Cyrano de Bergerac*
William Shakespeare, *Roméo et Juliette*

VIVRE EN SOCIÉTÉ, PARTICIPER À LA SOCIÉTÉ – INDIVIDU ET SOCIÉTÉ : CONFRONTATION DE VALEURS ?
Pierre Corneille, *Le Cid*
Victor Hugo, *Les Misérables*
Molière, *L'Avare*
Molière, *Le Malade imaginaire*
Molière, *Les Précieuses ridicules*

REGARDER LE MONDE, INVENTER DES MONDES – LA FICTION POUR INTERROGER LE RÉEL
Cinq nouvelles autour de l'histoire des arts
Honoré de Balzac, *Le Père Goriot*
Théophile Gautier, *La Morte amoureuse – La Cafetière*
Huysmans, Maupassant, Mirbeau, Zola, *Nouvelles naturalistes pour interroger le réel*
Guy de Maupassant, *Cinq nouvelles fantastiques*
Guy de Maupassant, *Cinq nouvelles réalistes*
Guy de Maupassant, *Boule de suif*
Guy de Maupassant, *Le Papa de Simon et 5 nouvelles réalistes et fantastiques*
Prosper Mérimée, *La Vénus d'Ille*
Edgar Allan Poe, *Quatre histoires extraordinaires*
Bram Stoker, *Dracula*

AGIR SUR LE MONDE – INFORMER, S'INFORMER, DÉFORMER ?
Guy de Maupassant, *Bel-Ami*

3e

VIVRE EN SOCIÉTÉ, PARTICIPER À LA SOCIÉTÉ – DÉNONCER LES TRAVERS DE LA SOCIÉTÉ
Victor Hugo, *Le Dernier Jour d'un condamné*
Voltaire, *Candide*
Voltaire, *Traité sur la tolérance*
Émile Zola, *Au Bonheur des dames*

REGARDER LE MONDE, INVENTER DES MONDES – VISIONS POÉTIQUES DU MONDE
Guillaume Apollinaire, *Alcools*
Charles Baudelaire, *Le Spleen de Paris*

Conception graphique : Muriel Ouziane et Yannick Le Bourg
Édition : Anne-Sophie Darlet
Illustrations des frises : Benjamin Strickler
Réalisation : Nord Compo, Villeneuve-d'Ascq
Crédits iconographiques : Couverture et rabats : © FineArtImages/Leemage – Cadre (couverture) : © Shutterstock.com – p. 4 et petit rabat 2 : © Bianchetti/Leemage – p. 5 : © ArtDaily.com – p. 66 : © Marie Bashkirtseff/Art Renewal Center/Wikimedia.org – p. 68 : © Luisa Ricciarini/Leemage – p. 71 : © Théodore Géricault/Rama/Wikimedia.org – p. 75 : © Héritage Images/Leemage – p. 77 : © : Hartmann Schedel/WellcomeImages.org/Wikimedia.org – p. 80 : Émile Signol/Dominique Couineau/Musée des Beaux-Arts – p. 91 : © Wikimedia.org.

www.classiquesetpatrimoine.magnard.fr

IMPRIM'VERT Votre imprimeur agit pour l'environnement

Achevé d'imprimer en avril 2017
par «La Tipografica Varese Srl» Varese en Italie
N° éditeur : 2016-1421
Dépôt légal : avril 2017

Certifié PEFC
Ce produit est issu de forêts gérées durablement et de sources contrôlées
PEFC
PEFC/18-31-264
www.pefc-france.org